LES
FLEURS DE MAI,

HYMNES A MARIE,

PAR

UN DE SES ENFANTS.

PÉRIGUEUX,

IMPRIMERIE DUPONT ET Cᵉ, RUE TAILLEFER.

Juin 1857.

LES FLEURS DE MAI.

LES
FLEURS DE MAI,

HYMNES A MARIE,

PAR

UN DE SES ENFANTS.

PÉRIGUEUX,

IMPRIMERIE DUPONT ET Cᶜ, RUE TAILLEFER.

1857

LES
FLEURS DE MAI,
HYMNES A MARIE.

————

I

OUVERTURE.

I

Voici venir le mois où la prière sainte
Appelle chaque soir dans la pieuse enceinte
      Vos enfants à genoux ;
Divine fleur d'amour, reine des saints portiques,
Laissez-nous vous offrir l'encens de nos cantiques.
      Marie ! écoutez-nous !

Quand votre divin fils, au rocher de Solime,
Enfantait l'univers dans une mort sublime
      Sur l'arbre des douleurs,
Debout sous ce gibet où l'amour vous attire,
Vous voulûtes mêler au sang de son martyre
      Le tribut de vos pleurs.

Seul, au pied de la croix, partageant vos alarmes,
L'inspiré de Pathmos versait aussi des larmes
      De regrets et d'adieu ;
Premier-né de l'Eglise, il vous avait suivie
Pour recueillir encor la parole de vie
      Au tombeau de son Dieu.

Et tant que, l'œil ému, les célestes phalanges
Contemplaient l'univers, prêt à quitter ses langes,
      Vers l'Orient doré,
Seul avec vous un homme, au sein de la nature,
Venait représenter l'humanité future
      Au Calvaire adoré.

Alors, dans les tourments de sa lente agonie,
Pardonnant aux bourreaux leur cruelle ironie
      Et leurs sanglants défis,
L'homme-Dieu, pour calmer votre douleur amère,
Vous dit à tous les deux : — Enfant, voilà ta mère,
      — Mère, voilà ton fils !

Aussi, sous vos drapeaux l'espérance s'enrôle,
Car la terre a gardé cette sainte parole,
      Ce testament sacré
Qui vous lègue à jamais l'humanité souffrante ;
Sublime et dernier mot de sa bouche mourante,
      Par l'amour consacré !

Les échos du Jourdain l'ont redit d'âge en âge,
L'homme, dès son berceau, recueille en héritage
      Ce souvenir pieux ;
Et les Anges, penchés sur sa couche enfantine,
L'entretiennent tout bas de sa mère divine
      En lui montrant les cieux.

O Mère des douleurs ! soyez donc notre mère ;
Votre nom, qui berça notre enfance éphémère,
            Nous l'invoquons toujours ;
C'est l'ancre du salut, le rayon d'espérance
Qui parfuma d'amour, de joie et d'innocence
            L'aurore de nos jours.

Un écho de ce nom remplit notre prière,
Quand les Anges du ciel, revêtus de lumière,
            Le répètent en chœur :
Ils s'inspirent d'amour à votre œil qui rayonne,
Et nous, pour le chanter dans notre Babylone,
            Nous avons notre cœur.

Nous avons notre cœur, temple plein de mystères.
Urne pleine d'amour et de pleurs solitaires.
            Encensoir écumant ;
D'un nouveau Golgotha victime symbolique,
S'immolant elle-même, holocauste mystique,
            Sur son autel vivant.

Nous avons notre cœur ; c'est tout notre génie,
C'est le centre embrasé d'où jaillit l'harmonie
            En confuses rumeurs,
C'est la lyre de feu qui s'emplit de murmure
Et recueille les chants de toute la nature
            Pour les baigner de pleurs.

Oui, les baigner de pleurs ! car vous savez, Marie,
Que pour nous, exilés si loin de la patrie,
            La vie est un tombeau :
Nos corps sont une larve en qui l'âme sommeille :
Mais ils meurent un jour, et l'âme se réveille
            Pour un destin plus beau.

II

C'est alors qu'étendant ses ailes,
Vers les demeures éternelles
On la voit prendre son essor :
Hirondelle long-temps captive,
Elle va sur une autre rive
Baigner son aile fugitive
Dans les flots d'un océan d'or.

Oui, Mère, il est beau le rivage,
Elle est rayonnante la plage
Qu'illumine ton front si pur !
Ils son enivrants les cantiques
Que, sur leurs harpes prophétiques,
Les inspirés des temps antiques
Chantent sous tes voûtes d'azur !

Mais moi, dans mon cœur solitaire,
Je n'ai pour traverser la terre
Que des larmes et des sanglots !
Ma vie est un combat sans trêve,
Où le bonheur, ainsi qu'un rêve,
Paraît et fuit comme la grève
Sous l'effort incessant des flots.

Aussi, parmi les chœurs des Anges,
Je voudrais chanter tes louanges,
Car quelque chose chante en moi :
Une harmonie intérieure
Vient me réveiller à toute heure
Et m'attirer vers la demeure
Où règne ton fils et mon roi.

III

Marie, écoute donc notre ardente prière,
Laisse-nous entrevoir ton manteau de lumière .
          Eblouissant aux yeux ;
Qu'un Ange descendu des voûtes éternelles
Recueille nos soupirs, les prenne sur ses ailes.
          Et te les porte aux cieux.

Qu'il en verse à tes pieds la coupe toujours pleine.
Comme le doux parfum que versa Madeleine
          Sur les pieds du Sauveur ;
Et, quittant de nouveau les plages éthérées .
Qu'il vienne rafraîchir nos âmes altérées
          D'un mot consolateur.

Pendant ce mois béni, notre pensée intime
S'élance jusqu'à toi, plus large, plus sublime
          Dans son rapide essor,
Et, pour chanter son hymne au sein de nos tempêtes.
La foi, sœur de notre âme et muse des Prophètes .
          Reprend sa lyre d'or.

C'est l'heure où du printemps l'haleine rajeunie
Réchauffe d'un baiser la nature endormie
          Dans un profond sommeil ;
L'oiseau couve son nid sur un lit de verdure .
Et, secouant enfin les pleurs de la nature,
          La fleur rit au soleil.

Eh bien ! notre âme aussi voudrait vivre et renaître,
Mystérieuse fleur qui, sous la main du prêtre,
        Aspire à se rouvrir,
Et, de larmes d'amour encor tout arrosée,
A besoin de soleil pour sécher la rosée
        Qui vient de la couvrir.

Qu'illuminant sa nuit d'une joie éternelle,
Un seul de tes regards fasse briller en elle
        Un reflet de bonheur ;
Ou, comme un chaud rayon qui descend sur la terre.
Viens toi-même habiter, dans un chaste mystère,
        L'autel de notre cœur.

Nos lèvres s'ouvriront aux hymnes des Prophètes :
Trop heureux si ton fils, pour partager nos fêtes.
        Quitte son trône d'or,
Et si, nous révélant encor sa nature,
Sa majesté divine en nous se transfigure
        Comme sur le Thabor !

II

ATTENTE UNIVERSELLE.

Dominus possedit me ab initio viarum suarum.

Le Seigneur m'a possédée des le commencement de ses voies (Prov. VIII, v. 22).

I

Quand chassé de l'Eden, roi proscrit de la terre,
L'homme errait sous les cieux, pensif et solitaire,
Versant à chaque pas des larmes de douleur,
Dieu, prenant en pitié son amère souffrance,
Permit que sur son front l'Ange de l'espérance
      Vînt baiser le malheur.

L'exilé releva sa tête foudroyée,
Et, séchant désormais sa paupière noyée.
Il entrevit bientôt, dans son espoir ardent,
La fille que le ciel promettait à sa race,
Pour écraser d'un pied vengeur de sa disgrâce
      La tête du serpent.

Vision douce et pure empreinte de tristesse !
Du pardon de son Dieu consolante promesse.
Dont il devait garder le souvenir pieux,
Lorsque, tout affaissé sous le poids de son crime.
Adam se releva sur les bords de l'abîme
      Pour regarder les cieux !

Aussi, quand il mourut, quand, neuf fois centenaire,
Son âme vers le ciel, comme un aigle à son aire,
Remonta radieuse au sein du Créateur,
Avant d'abandonner l'humanité sa fille,
Il lui laissa du moins pour blason de famille
  Son espérance au cœur.

Et le monde garda cette douce croyance,
D'un mystère ineffable immortelle semence,
Que la main du Très-Haut bénit avec amour;
Aurore de la foi, qui n'eut rien d'éphémère,
Espoir consolateur et que la Vierge-mère
  Vint couronner un jour !

L'humanité, vivant comme d'une seule âme,
Pour remonter à Dieu n'attendait qu'une femme :
Espoir venu du ciel, astre majestueux
Qui pût briller encor sur la terre inféconde
Quand la mer souleva, pour engloutir le monde,
  Ses flots tumultueux !

Car un autre vieillard, navigateur sublime,
Portait sous l'œil de Dieu, sur ce mouvant abîme,
La vie et l'espérance aux flancs de son vaisseau,
Pour les restituer toutes deux à la terre,
Lorsqu'elle retrouva sur l'Arar solitaire
  Comme un second berceau.

Oubliant son malheur sur cette plage nue,
L'univers renaissant contempla dans la nue
De la femme promise un emblème pieux :
Et la Vierge apparut à l'œil du patriarche,
Quand il vit revenir la colombe de l'arche
  Sous l'arc brillant des cieux.

Alors comme autrefois, l'humanité nouvelle,
Pleurant sur le passé, sentit revivre en elle
De l'oracle d'Eden l'espoir consolateur;
Et dans toute croyance, admirable harmonie,
Le symbole épuré de la Vierge bénie
     Se retrouve vainqueur.

Moïse le premier la voit et la contemple
Dans le buisson d'Horeb qu'elle a choisi pour temple :
Aaron l'entrevoit dans le brûlant désert,
Quand la verge sacrée, encor toute flétrie,
Du tabernacle saint sort fraîche et refleurie
     Ainsi qu'un rameau vert.

Israël abattu ranime sa croyance
Dans des signes nouveaux : c'est l'arche d'alliance
Qui doit guider ses pas vers les eaux du Jourdain;
Des larmes de la nuit c'est la toison trempée,
Quand Gédéon saisit sa redoutable épée
     Dans sa puissante main.

Bientôt, sur le Phégor aux orgueilleuses cîmes,
Balaam, tout couvert du sang de ses victimes,
A la haine de Dieu fait un barbare appel;
Vains efforts! devant lui l'avenir se dévoile,
Et la Vierge aussitôt, comme une blanche étoile,
     Brille sur son autel.

David et Salomon, dans leurs rêves mystiques,
Ont deviné sa gloire, et l'hymne des cantiques
De leurs lèvres de feu s'est alors élancé;
La parole, rebelle à l'appel de la lyre,
Semble même impuissante à rendre le délire
     De leur cœur embrasé.

1*

Sur l'aride Carmel, la prière d'Elie
Appelle les trésors d'une féconde pluie,
Et, dans un blanc nuage aux franges de carmin,
La Vierge se révèle au père d'Elysée,
Pour promettre à ses vœux d'une douce rosée
    Le bienfait surhumain.

Isaïe à son tour devant elle s'incline;
Aux enfants de David sa parole divine
Annonce le bonheur, la Vierge va venir;
Et le fils qui naîtra de ses chastes entrailles
Est le Père des temps et le Dieu des batailles,
    Le Roi de l'avenir.

II

Le monde a déjà vu l'image de ta Mère,
Seigneur! c'était Rachel dans sa douleur amère,
Sara foulant aux pieds de royales amours,
Abigail de David fléchissant la colère,
Esther sauvant son peuple au péril de ses jours,
Suzanne, chaste fleur qu'admira Babylone,
Judith ensanglantant les lis de sa couronne,
Axa dont les guerriers recherchèrent la main,
Et cette femme forte, au front calme et serein,
Qui, de ses sept enfants contemplant le supplice,
Sut de son long martyre accepter le calice
Et suivit dans la mort les fruits de son hymen.

Mais de ta mère, ô Dieu, quelles pâles peintures!
La vieille humanité lègue aux races futures

Des femmes qu'elle aima le pieux souvenir :
Gracieuses beautés, consolantes figures
Qu'admireront toujours les siècles à venir !
Oui, mais de l'esprit saint la tendre et chaste épouse
Paraîtra bien plus grande à notre âme jalouse :
Seule elle peut combler l'espoir du genre humain,
Car en elle bientôt, dans un mystique hymen,
Douce réalité, symbolique mélange,
Les grâces de la femme et les vertus de l'Ange
Sous ton regard de feu vont se donner la main.

Quatre mille ans d'attente ont passé sur le monde,
Sous l'ombrage d'Eden ta promesse féconde
Au cœur des vrais croyants vibre et résonne encor ;
L'humanité vieillit, mais dans sa nuit profonde
Elle voit resplendir ton auréole d'or.
Que des cieux entr'ouverts la coupole irisée
Laisse tomber sur elle une douce rosée ;
Qu'un rayon de ton cœur vienne la réjouir :
Eve dans son tombeau verra s'évanouir
La tache de nos fronts ; pose, pose ton glaive,
La tige de Jessé surabonde de sève,
Oh ! laisse-la, Seigneur, croître et s'épanouir !

III

L'IMMACULÉE CONCEPTION.

Tota pulchra es, amica mea, et macula non est in te.

Vous êtes toute belle, ma bien-aimée, aucune tache n'est en vous (Cant. iv, v. 7).

I

Salut, salut à toi, du monde catholique
Aurore bienfaisante à la sainte lueur,
Qu'Israël attendait comme un foyer mystique
Pour raviver la cendre éteinte de son cœur !

Où sont les précurseurs de ton divin prodige,
Ces prophètes dont l'œil, plongé dans l'avenir,
Voyait de loin Jessé qui redressait sa tige
Aux yeux de l'univers toute prête à fleurir ?

Pour dire ta grandeur donne-moi leur génie,
Un écho de leur voix dans un rythme doré,
Ou des concerts du ciel la suave harmonie
Que n'atteindrait jamais mon chant décoloré.

Car dans mon âme ardente, ainsi qu'en un cratère,
Mon vers comme un volcan brûle et veut éclater ;
Ma pensée est en feu, je ne puis plus me taire,
Au pied des saints autels la lyre doit chanter !

II

Ève, toi dont la faute en désastres féconde
D'une tache éternelle a maculé le monde,
Viens, et que ton regard encor terni de pleurs
S'illumine pour voir briller à son aurore
Le lis de pureté, dont l'éclat vient d'éclore
Comme un rayon d'espoir jeté sur nos douleurs.

A tes malheureux fils tu n'as légué la vie
Que comme un lac impur, une source flétrie,
Dont jamais le soleil ne visita les eaux :
Mais l'aube qui se lève a réchauffé cette onde ;
Et dans l'azur du ciel que sa lumière inonde
Nous voyons resplendir de consolants signaux.

Dans son stérile hymen, au seuil de la vieillesse,
Anne comme Sara tressaille de jeunesse,
Et son sein étonné va bientôt mettre au jour
Un ange de candeur, essence sainte et pure
En qui l'humanité déjà se transfigure
Pour reprendre son vol au céleste séjour.

Dieu féconda ce sein pour nous donner sa Mère,
Rayon immaculé de vie et de lumière,
Soleil brûlant d'amour, astre réparateur,
De notre Eden nouveau sa Mère nouvelle Ève ;
Et l'Archange éteindra les éclairs de son glaive
Devant l'éclair plus vif de son regard vainqueur.

Du triangle incréé création sublime !
Devant tes profondeurs notre raison s'abîme :
Mais pleine d'espérance, au fond de son tombeau.
La vieille humanité se lève, se redresse,
Et son œil presque éteint rayonne d'allégresse
En recherchant la vie autour de ton berceau.

L'œuvre de tes six jours, grand Dieu, te parut belle,
Lorsque du haut des cieux ta sagesse éternelle
Laissa tomber d'un mot le monde dans les airs :
Cependant ton chef-d'œuvre était encore à naître.
Et tu voyais déjà dans les sources de l'être
L'aurore du salut briller sur l'univers.

Dans le sein maternel notre œil aussi contemple
L'enfant prédestinée à devenir ton temple
Et de tes volontés l'instrument immortel !
Nos cœurs ont tressailli de joie et d'espérance ,
Et voudraient saluer l'ange de délivrance
Par un hymne joyeux sur ce premier autel.

Des enfants du péché la fatale disgrâce
Sur son front virginal n'a pas laissé de trace,
Et, pure devant toi de toute éternité,
Son âme est un trépied auguste et solitaire
Où s'allument déjà dans l'ombre et le mystère
Les parfums de l'amour et de la charité.

Ta grâce a précédé les ondes du baptême ;
De toutes les vertus l'éclatant diadème
S'épanouit, Seigneur, sur son front triomphant ;
Au sein du ciel ému tes ardentes phalanges
Ont reconnu leur reine, et les plus beaux des Anges
Se courbent radieux devant une humble enfant.

Il fallait à ta gloire, ô mon Dieu, ce miracle;
Car cette enfant doit être un jour le tabernacle
Où tu viendras toi-même enfant te reposer;
Temple mystérieux, palais de l'innocence,
Où, messager divin de ta divine essence,
La colombe du ciel a voulu se poser !

III

Jérusalem, voici l'aurore,
Tourne tes yeux vers le Seigneur ;
Ta nuit peut s'éclairer encore,
Déjà son ombre se colore
D'un premier reflet de bonheur.

Que dans ton âme la prière
Entr'ouvre ses ailes de feu,
Et ton front souillé de poussière
Viendra s'inonder de lumière
Devant la Mère de ton Dieu.

Des oracles de tes Prophètes
As-tu perdu le souvenir,
Quand leurs voix aujourd'hui muettes
Levaient au milieu de tes fêtes
Tous les voiles de l'avenir?

De leurs chants la douce harmonie
Cherche en vain à te ranimer,
Tu n'entends plus leur voix bénie,
Et les larmes de Jérémie
Sur ton sol n'ont pas pu germer.

Comme une veuve désolée
Penchant l'urne de ses douleurs,
Naguère encor dans ta vallée,
Ainsi qu'autour d'un mausolée,
Tu pouvais voir couler ses pleurs.

Et maintenant ton front se plisse,
Tes yeux s'éteignent pour mourir,
Notre espérance est ton supplice,
Ton âme ferme son calice
Trop desséché pour refleurir.

IV

Mais nous, nous qui sentons germer dans nos poitrines
Des promesses de Dieu les semences divines,
Nous levons nos regards vers l'éternel séjour,
Et nos cœurs, oubliant leur trop longue souffrance.
Font monter vers le ciel un hymne d'espérance,
    De prière et d'amour.

Les Prophètes, ô Vierge, un jour virent éclore
De ta conception la lumineuse aurore :
Leur foi se réveilla d'une plus vive ardeur.
Mais nous ne pûmes pas au-dessus de la terre
Suivre leur vol auguste et percer le mystère
    De ta chaste grandeur.

Au pied du Vatican, sur nos fronts descendue,
La lumière du ciel nous est enfin rendue ;
L'Eglise a fait entendre encor sa grande voix,

Son œil voit aussi loin que celui des Prophètes,
Et son amour te porte à de nouvelles fêtes
   Sur un nouveau pavois.

Oubliant les douleurs qui brisent son cœur d'homme.
A l'univers entier le Pontife de Rome
A voulu révéler toute ta pureté ;
Tu nous parais plus belle à travers sa parole,
Et les chastes rayons de ta douce auréole
   En ont plus de clarté.

Nous aussi nous voulons, ô Vierge sainte et pure.
Te proclamer toujours sans tache et sans souillure
Dans le sein de ta mère ainsi que dans les cieux.
Anathème ! anathème à quiconque le nie !
C'est nier le soleil et sa lueur bénie,
   Qui brille à tous les yeux !

IV

·LA NATIVITÉ.

Egredietur virga de radice Jesse et flos de radice ejus ascendet.

Un rejeton naîtra de la tige de Jesse, une fleur s'elèvera de sa racine (Isaïe xi, v. 1).

I

Nazareth ! Nazareth ! ville prédestinée
Que regarda le ciel dans un jour de pardon !
La face du Seigneur vers toi s'est inclinée ;
Qu'aux annales des temps ta gloire burinée
Dore mes pâles vers d'un lumineux rayon.

Sous les brûlants baisers du soleil de l'Asie
Relève mollement ton voile parfumé ;
Je t'aime, Nazareth ! d'un doux transport saisie,
Aux pleurs de tes palmiers ma fraîche poésie
Voudrait épanouir son calice embaumé.

Comme l'oiseau des mers, du haut de la falaise.
Jette un calme regard sur la vague en fureur,
Ma foi te contemplant s'épanche plus à l'aise,
Et de ton souvenir le charme seul apaise
L'ouragan qui bouillonne et gronde dans mon cœur.

Quelle est donc cette enfant que l'œil ému des Anges
Regarde avec amour dans son humble berceau ?
Pourquoi les rangs pressés de leurs saintes phalanges
Viennent-ils incliner devant ses pauvres langes
De leurs fronts couronnés le radieux bandeau ?

Tout ce qui croit encore exhale une prière
Et se tourne vers toi pour saluer le jour :
Les Patriarches saints, dans leur tombe de pierre,
Se sentent réchauffés d'un rayon de lumière,
Et leur cœur plein d'espoir se réveille à l'amour.

Que se passe-t-il donc aux entrailles du monde,
Dans ce moment d'extase à nul autre pareil,
Où le vieil univers, dans une nuit profonde,
Aux divines clartés de ta lueur féconde,
Semble n'avoir que toi pour astre et pour soleil ?

Mais l'espérance humaine a saisi ce mystère :
Des oracles de Dieu gardant le souvenir,
Elle a déjà compris que pour une œuvre austère
Le ciel donne aujourd'hui son chef-d'œuvre à la terre,
Et qu'au sein d'une enfant germe tout l'avenir !

Anne, ton front courbé par l'aride vieillesse,
Des outrages du temps se redressa vainqueur,
Quand, nouvelle Sara, bondissant d'allégresse,
Tu sentis de nouveau le feu de la jeunesse
Circuler à travers tes veines et ton cœur.

Comme le mois de mai sur l'humide pelouse,
Après de longs hivers, ramène le printemps,
La grâce du Seigneur, de ton bonheur jalouse,
Permet qu'en tes vieux jours ta couronne d'épouse
Rouvre toutes ses fleurs mortes depuis vingt ans.

Et lorsque ton enfant te sourit dans ses langes,
Sous l'amoureux regard de ton œil maternel,
Un cantique sacré de gloire et de louanges
S'épanche de ton cœur, et, sur l'aile des Anges,
Monte au trône de Dieu comme un hymne éternel.

Les filles de Ruben déjà prêtent l'oreille
Pour écouter ce chant de joie et de bonheur
Près du pieux berceau que ton amour surveille;
Et leur troupe à ta voix vole comme l'abeille
Qui sous les feux du jour vole vers une fleur.

Ma poésie aussi sous ton regard éclose
Accourt vers cette enfant qu'elle voudrait bercer ;
Elle a besoin d'amour, oh! permets qu'elle pose
Sur ses petites mains et sur sa lèvre rose,
Dans un hymne du cœur, son mystique baiser.

II

Je veux saluer ton enfance,
Douce Vierge, astre d'espérance
Que Dieu plaça sur mon chemin,
Pour m'enseigner que la souffrance
A le bonheur pour lendemain.

Devant ton berceau qu'elle honore,
Mon âme est un écho sonore
Où ma pensée est en éveil,
Et mon luth chante à ton aurore
Comme l'oiseau chante au soleil.

Grandis dans l'ombre et le mystère
Comme une plante solitaire

Au bord du lac silencieux ;
Enfant, sois l'amour de la terre
Comme tu fais l'orgueil des cieux.

O fleur d'une tige flétrie !
Race de rois dont la patrie
Avait perdu le souvenir,
Te voilà donc épanouie,
Riche de gloire et d'avenir !

Temple du Dieu qui t'a fait naître,
Tu répands autour de ton être
La clarté dont ton front reluit,
Comme l'aube qui va paraître
Rayonne au déclin de la nuit.

A l'éternel tombeau traînées,
Nos pauvres âmes consternées
Ne vivaient plus que pour mourir ;
Mais vers de hautes destinées
Leurs blanches ailes vont s'ouvrir.

Car ton berceau porte le monde ;
Nouvelle arche, il traverse l'onde
Comme un cygne majestueux
Qui, du sein de la mer profonde,
Avec toi doit monter aux cieux.

III

Nous t'y suivrons aussi, ta voix nous y convie.
Et, se régénérant aux sources de la vie,
Nos fronts vont soulever la pierre du tombeau ;
Rois déchus, nous avions perdu le diadème,
Mais pour le ceindre un jour sur les fonts du baptême,
    Nous le trouvons dans ton berceau.

V

LE NOM DE MARIE.

*Nomen tuum Dominus ità magnificavit, ut
non recedat laus tua de ore hominum.*

Le Seigneur a tellement glorifié votre
nom, que les hommes ne cesseront jamais de
célébrer vos louanges (Judith XIII, v. 25).

I

O Vierge, fleur divine, astre que l'espérance
Salue avec amour dans son essor pieux !
Quand pour monter vers toi mon pauvre cœur s'élance,
Je sens vibrer ton nom dans l'ombre et le silence
     Comme un écho des cieux.

Ton nom, parole douce et pleine d'harmonie
Que la terre ne sait prononcer qu'à genoux !
Source où vient s'abreuver notre faible génie
Quand l'éclair de la foi, de sa lueur bénie,
     Pénètre jusqu'à nous !

Laisse-moi le chanter ce nom plein de mystère.
Que le ciel inventa pour essuyer nos pleurs ;
Baume qu'à ton berceau paisible et solitaire
Les Anges du Seigneur portèrent à la terre
     Pour calmer ses douleurs.

Marie ! Ah ! de ce nom quand ma poitrine est pleine,
Quand ma voix le prononce en un transport d'amour,
Sa douce poésie embaume mon haleine,
Comme les orangers parfument dans la plaine
      La brise d'un beau jour.

Il réjouit mon cœur, il charme mon oreille,
Et ma lèvre y retrouve une douce liqueur,
Plus douce que le miel recueilli par l'abeille,
Au réveil du matin, dans la coupe vermeille
      D'une éclatante fleur.

N'es-tu pas le trésor de toute âme qui prie,
Le phare lumineux des pauvres matelots
Qui, du sein des écueils, sur la mer en furie,
N'ont qu'à jeter aux vents le doux nom de Marie
      Pour apaiser les flots?

De l'océan du monde étoile symbolique,
Reine de l'univers toute-puissante aux cieux,
Ton nom vaut à lui seul un suave cantique ;
Des temples du Seigneur c'est l'auguste portique
      Ouvert devant nos yeux.

Dans les sentiers du ciel c'est la pure oriflamme
Dont le Dieu fort voulut abriter nos destins ;
Force de la faiblesse, éblouissante flamme
Dont le feu vivifie et pénètre notre âme
      De ses rayons divins.

Nos mères l'ont inscrit en lettres immortelles
Dans nos cœurs qui s'ouvraient aux mystères du ciel,
Quand, tout petits encore, entre leurs bras fidèles,
Notre timide voix bégayait avec elles
      L'*Ave* de Gabriel.

Ton amour fut le lait que suça notre enfance :
Quand nous nous endormions le soir sur leurs genoux,
Nous répétions ton nom comme un cri d'espérance,
Et Dieu laissait tomber un regard de clémence
        Sur elles et sur nous.

A chaque instant l'écho de la nature entière
Vient jeter à tes pieds ce nom consolateur,
Soleil dont les rayons fécondent la prière,
Comme l'astre du jour des flots de sa lumière
        Réchauffe une humble fleur.

Non, le langage humain jamais ne pourra dire
Ce que ressent le cœur où ton nom est entré !
Le poète lui-même, en proie à son délire,
Ignore le secret qui tourmente sa lyre
        Devant ce nom sacré.

Au pied de tes autels que la foule environne,
Son vers est un flambeau qui veille nuit et jour ;
Il chante, et ses concerts sur ton front qui rayonne
Viennent mêler aux fleurs de ta chaste couronne
        La fleur de son amour.

Quand le chrétien mourant, sur sa funèbre couche,
Lève vers toi des yeux qu'assombrit le trépas,
Un Ange du Seigneur de son aile le touche
Et, comme un doux parfum, dépose sur sa bouche
        Ton nom qui ne meurt pas.

Tel que l'ardent charbon qu'aux lèvres d'Isaïe
Un Séraphin porta sur ses ailes de feu,
Des souillures du cœur ce nom le purifie,
Et, joyeux de mourir, il adresse à la vie
        Un éternel adieu.

2

Mais, libre désormais de sa prison grossière,
Son âme vers le ciel prend un sublime essor,
Et, murmurant ton nom pour dernière prière,
Elle vient saluer au sein de la lumière
    Ton auréole d'or.

II

Puissions-nous un jour, ô Marie,
Nous trouver aussi près de toi
Dans la Jérusalem chérie
Où nous conduit l'ardente foi !
Puissions-nous, au milieu des Anges,
Chanter tes divines louanges,
Comme aujourd'hui dans le saint lieu,
Et répéter les saints cantiques
Dont retentissent tes portiques
Au mois de Mai, sous l'œil de Dieu !

Puisse encore ma Muse austère
Se réveiller un jour au ciel,
Et chanter l'hymne de la terre
Sur la harpe de Gabriel !
De fleurs emplissant sa corbeille,
Elle viendrait, comme une abeille,
Y puiser un riche butin,
Et dans la coupe d'ambroisie
Verser les flots de poésie
Qu'elle renferme dans son sein.

A ton nom seul ouvrant son aile,
Elle s'élance vers l'azur ;
Telle un jour mon âme immortelle
Doit remonter vers le ciel pur.

Ma Muse est une sœur chérie
Que je voudrais suivre, ô Marie,
Quand viendra l'heure du trépas ;
L'amour à tes pieds nous rassemble,
Et nous voulons aller ensemble
Nous reposer entre tes bras.

VI

MARIE PROMISE A DIEU.

Pro puero isto oravi, et dedit mihi Domi-nus petitionem meam quam postulavi.
Idcircò et ego commodavi eum Domino, cunctis diebus quibus fuerit commodatus Domino.

Je suppliais le Seigneur de me donner un fils, et il a exaucé ma prière.
C'est pourquoi je le remets entre ses mains, afin qu'il soit à lui tant qu'il vivra (Rois, liv. ɪ, ch. 1, v. v. 27 et 28).

I

Mystérieuse enfant, fleur de ma poésie,
Toute petite encore au soleil de l'Asie
      Quand tu viens de t'épanouir,
Pénétrant sans effort ton sourire éphémère,
Un regard plein d'amour de ta pieuse mère
      A deviné ton avenir.

Elle a bientôt compris, dans son âme ingénue,
Que pour toi des grandeurs l'heure est déjà venue;
      Et fière de ta pureté,
Joyeuse, au temple saint se rendant elle-même,
Elle vient pour offrir à Dieu tout ce qu'elle aime,
      Ton innocence et ta beauté.

Après t'avoir ouvert les sources de la vie,
Aux autels du Seigneur où tout se purifie
      Elle dépose ton berceau,
Trésor saint et sacré d'amour et de jeunesse
Dont le ciel réchauffa son aride vieillesse,
      Avant les glaces du tombeau.

Les palmiers du Carmel hier encor, sur leurs branches,
Berçaient ce joyeux nid de tourterelles blanches
      Que son amour porte au saint lieu,
Mystérieux tableau de ta couche enfantine
Que d'un rayon de plus le soleil illumine,
      Sous le brûlant regard de Dieu.

Mais ce n'est pas assez de ce pieux symbole ;
Son cœur comme le lien vers l'avenir s'envole,
      Epris de ta virginité,
Et sur les saints autels, où son amour s'attache,
Elle veut déposer la couronne sans tache
      Offerte à sa maternité.

Pauvre mère ! elle n'a que toi pour espérance !
Et pourtant, ce trésor de paix et d'innocence
      Qu'elle contemple avec bonheur,
A Dieu qui le lui donne il faut qu'elle le rende,
Brisant sans murmurer, pour cette auguste offrande,
      Toutes les fibres de son cœur !

Mais, loin de reculer devant le sacrifice,
Pour préparer sa lèvre à cet amer calice,
      Elle s'empresse de venir
Vouer au temple saint, noble et douce promesse,
Le lis immaculé de ta chaste jeunesse,
      Germe sacré de l'avenir.

Il grandira ce lis ! A son ombre, ô prodige !
L'humanité viendra tout autour de sa tige
      Grouper un jour ses rangs pieux,
Quand, vainqueur de la mort, ton fils sur le Calvaire
Déploiera l'étendard qui doit guider la terre
      Au séjour bien-aimé des cieux.

Mais, pour lui conserver sa blancheur éclatante,
Il faut que le Seigneur l'abrite sous sa tente
      Loin des rayons ardents du jour,
Et qu'aux larmes du soir dans sa coupe enchassées,
Il mêle le parfum des divines pensées,
      Sous les ailes de son amour.

Aussi devant le temple, à genoux sur la pierre,
Ta mère exhale à flots sa brûlante prière,
      Les deux mains jointes vers le ciel;
Et des feux de son cœur sa lèvre se colore
En demandant à Dieu de bénir ton aurore
      Qui se lève au pied de l'autel.

II

Seigneur, écoutez sa parole,
Et que vers vous elle s'envole
Pour retentir au sein des cieux,
Semblable à l'hymne solitaire
Que, dans la nuit et le mystère,
Le rossignol chante à la terre
Près de son nid silencieux.

Que l'éclair de votre prunelle
Vienne raviver l'étincelle
Qui s'allume au fond de son cœur,
Et, tel qu'un astre qui s'enflamme,
L'espoir, soleil vivant de l'âme,
Y répandra sa douce flamme
Comme un rayon consolateur.

Car de cette enfant·qu'elle adore,
Elle ne peut garder encore
Que quelques jours l'humble berceau :
Auprès de lui l'amour l'enchaîne,
Et cependant l'heure est prochaine
Où les anneaux de cette chaîne
Vont se briser comme un roseau.

.Sous le fardeau de sa pensée
Son âme est encore affaissée ;
Révélez-lui tout l'avenir :
Ayez pitié de sa souffrance,
Et, radieuse d'espérance,
A vos pieds avec assurance
Elle va bientôt revenir.

Ce vœu qui coûte à sa tendresse,
Elle viendra dans l'allégresse
L'accomplir un jour sous vos yeux,
En mêlant sa voix aux cantiques
Dont retentissent vos portiques,
Quand, sur leurs harpes séraphiques,
Les Anges chantent dans les cieux.

VII

LA PRÉSENTATION.

Audi, filia, et vide, et inclina aurem tuam, et obliviscere populum tuum et domum patris tui.

Ecoutez, jeune fille, et voyez, prêtez l'oreille à la voix du Seigneur, oubliez le monde et la maison de votre père (Ps. XLIV, v. 11).

I

Où cours-tu, douce enfant, sous l'aile de ta mère?
Où donc va-t-elle ainsi te porter dans ses bras?
La neige, descendant cette nuit sur la terre,
Vient de l'ensevelir comme en un blanc suaire
  Sous le manteau de ses frimas.

Ces campagnes toujours si riches, si fécondes,
Ne sont plus qu'un désert qu'habite la terreur :
L'impétueux Cison, dans ses gorges profondes,
Déchaîne devant toi l'orage de ses ondes
  Tout écumantes de fureur.

Aux antres des rochers le vent gémit et pleure,
Et de chaque avalanche au loin jette un lambeau :
Le cœur plein de regrets, contemplant sa demeure,
Le voyageur pensif croit que sa dernière heure
  Creuse le lit de son tombeau.

Mais Dieu veille sur toi; poursuis, poursuis ta route,
Brave des éléments les aveugles fureurs;
Adresse-lui tes vœux, tu sais qu'il les écoute,
Et, semblable aux parvis de la céleste voûte,
  Le sol va s'émailler de fleurs

2*

Viens, descends avec nous les pentes embaumées
Que le Carmel déroule à tes yeux éblouis ;
Là règne le printemps, avec ses fleurs aimées
Qui livrent aux baisers des brises parfumées
      Leurs calices épanouis.

Tel qu'un phare sauveur au sein de la tempête,
Jérusalem se dresse à l'horizon lointain,
Et, tout resplendissant comme en un jour de fête,
Le temple du Seigneur illumine son faîte
      Aux tièdes lueurs du matin.

Poursuis, poursuis ta route, auguste pèlerine,
Foule la rose en fleurs sous tes pas gracieux ;
Aux senteurs de Saron dilate ta poitrine,
Dieu pour te contempler sur son trône s'incline,
      Et les saints chantent dans les cieux.

La porte d'Ephraïm s'entr'ouvre radieuse
Pour te laisser passer entre ses vieilles tours,
Et des grands d'Israël la cohorte joyeuse
Te suit avec amour vers l'enceinte pieuse
      Où vont couler tes premiers jours.

D'un nouveau sacrifice et victime et prêtresse,
Tu viens toi-même à Dieu t'offrir sur son autel,
Et, dans les saints transports d'une amoureuse ivresse,
Au service du temple immoler ta jeunesse
      Que ta mère promit au ciel.

Aussi les habitants des voûtes éternelles,
Messagers de l'amour, viennent sur ton chemin ;
Ils ombragent ton front de palmes immortelles,
Et, te couvrant déjà de leurs brûlantes ailes,
      Ils te conduisent par la main.

Sous leurs doigts inspirés la harpe séraphique
Jette aux vents du matin de suaves accents,
Mystérieux concert, hosannah magnifique,
Prélude harmonieux de l'éternel cantique
  Dont ils doivent t'offrir l'encens.

Les cieux sont dans la joie, et, sous tes pas, la terre
Tressaille en comprenant qu'elle va rajeunir.....
Zacharie, adorant l'ineffable mystère,
Sur les degrés du temple auguste et solitaire .
  Lève son bras pour te bénir.

Monte jusqu'au Pontife et laisse là la foule,
Enfant, donne à ta mère un long baiser d'adieu !
Le monde est une mer. ; son orageuse houle
Pourrait ternir tes jours dont la source s'écoule
  Reflétant l'image de Dieu !

Depuis que l'innocence à l'homme fut ravie,
Le malheur dans sa serre étreint l'humanité :
D'innocence à ton tour précédée et suivie,
Tu viens au tronc vieilli de l'arbre de la vie
  Rendre l'éternelle beauté.

Au pied des saints autels ta mère t'a menée,
Immolant son amour devant ton avenir ;
Epouse du Seigneur, Vierge prédestinée,
Du fond de leurs tombeaux, chantant ton hyménée,
  Les morts s'empressent de venir.

C'est que jamais à Dieu l'hommage de la terre
N'a d'une telle offrande apporté le tribut.
Les morts se réveillant pourraient-ils donc se taire,
Quand l'univers entier chante en toi le mystère
  Et l'aurore de son salut !

Le temple se remplit d'odorante fumée,
Et sa voûte s'entr'ouvre aux vœux des assistants,
Car le Seigneur t'apporte, ô Vierge bien-aimée!
Une couronne blanche et toute parfumée
    Comme les roses du printemps.

II

Oh! reçois-la cette couronne,
Enfant, le Dieu qui te la donne
La réservait pour ta beauté;
Et sur ton front qu'elle décore,
Elle doit refleurir encore
Pendant toute l'éternité.

Bientôt ta robe virginale,
Comme l'aurore matinale
Eclairera tout l'univers,
Et deviendra la blanche étoile
Que doit suivre notre humble voile
Pour se guider au sein des mers.

Nous la verrons luire dans l'ombre,
Et si parfois notre nef sombre,
Heurtant quelque fatal rocher,
Au ciel où monte la prière,
Son étincelante lumière
Saura conduire le nocher.

A tes pieds, douce fille d'Ève,
Dieu dépose aujourd'hui le glaive
Dont il avait armé sa main;
Et vers son autel solitaire
Une humble vierge de la terre
Va ramener le genre humain.

VIII

MARIE AU TEMPLE.

*Quàm dilecta tabernacula tua, Domin
virtutum !*

Que vos tabernacles sont aimables, Sei-
gneur, Dieu des vertus (Ps. LXXXIII, v. 2) !

I

Il était beau ton temple, ô ville des Prophètes,
Quand, au bruit de leur lyre entraînant l'univers,
Tes inspirés chantaient, au milieu des tempêtes,
La pompe réservée à tes royales fêtes
    Que je célèbre dans mes vers.

S'élançant vers les cieux dans sa splendeur première,
Oui ton temple était grand, oui ton temple était beau,
Lorsque, brillant au loin de gloire et de lumière,
Son portique sacré s'ouvrait à la prière,
Allumant dans les cœurs un magique flambeau.

Jéhovah le couvrait de sa majesté sainte,
Que des voiles épais cachaient à tous les yeux ;
Et là, quand Israël, pressé dans cette enceinte,
Confiait au Seigneur sa douleur ou sa crainte,
    Son salut descendait des cieux.

Les rayons du soleil à sa large coupole
Versaient chaque matin leurs éclatants rubis ;
Sous leurs cheveux de jais cachant leur blanche épaule,
Les Almas réveillaient au bruit de leur parole
L'écho silencieux de ses riches lambris.

Oh ! de ton temple saint tu pouvais être fière !
Mais Dieu lui réservait un plus bel avenir,
Car il voulait encor que sa robe de pierre
Recélât dans ses flancs, amis de la prière,
     L'autel où son fils va venir.

Le vois-tu cet autel que la gloire environne !
C'est le sein d'une vierge où Dieu met son amour ;
Pour elle, hier encore, il délaissait son trône
Et venait déposer à ses pieds la couronne
Qui brille sur son front comme l'éclat du jour.

Sur les dalles de marbre elle est là prosternée,
Répandant tout son cœur à l'ombre du saint lieu,
Image de la lampe à l'autel allumée,
Et projetant comme elle une lueur sacrée
     Au tabernacle de son Dieu.

Faible et timide enfant, son humble front se penche
Pour implorer le ciel contre l'homme irrité :
Les mains jointes vers lui, sa prière s'épanche
Comme un ruisseau limpide ; elle essuie, elle étanche
Les larmes que versait la pauvre humanité.

Vase mystérieux, son âme vierge encore
S'ouvre comme une fleur au calice vermeil,
Urne d'où chaque jour s'enfuit et s'évapore
En suaves parfums la perle de l'aurore
     Que vient visiter le soleil.

Colombe d'innocence et que le ciel envie,
A l'ombre de l'autel cachant sa pureté,
Sur le tombeau du monde une enfant pleure et prie,
En demandant à Dieu d'envelopper sa vie
     Des voiles éternels de la virginité.

Sa voix, sa douce voix, comme celle des Anges,
Vient semer l'harmonie aux champs de la douleur,
Et sa bouche, entr'ouverte aux divines louanges,
Convie enfin le monde à sortir de ses fanges
    Et de l'ornière du malheur.

L'enfer ne chante plus l'hymne des funérailles
Dont l'aveugle tempête avait courbé ton front;
Réjouis-toi, Solime, en tes propres entrailles,
L'olivier de la paix fleurit dans tes murailles,
Et bientôt dans ton sein tous les peuples viendront.

L'Ange de l'espérance a visité la terre;
Des promesses d'Eden Dieu va se souvenir.
Pour conquérir le ciel, ô prodige! ô mystère!
L'homme attend le Messie; il a déjà sa Mère....
    C'est la moitié de l'avenir!

II

    L'avenir, lumineuse étoile
    Que l'homme cherche dans la nuit!
    Astre que sa foi lui dévoile,
    Et que son œil toujours poursuit!
    Montagne sainte, dont la cime,
    S'élançant du fond de l'abîme,
    Porte son front large et sublime
    Jusque dans les hauteurs des cieux,
    Et d'où descendra le Messie
    Quand, jusqu'à nous anéantie,
    Son enfance prendra la vie
    A l'ombre de tes flancs pieux!

    L'avenir! effrayant mystère
    Qui pèse sur l'humanité!

Vaste problème, énigme austère
Que porte ta virginité !
Sa lumière en vain nous inonde ;
L'union du ciel et du monde
Au sein d'une vierge féconde
Trouble notre esprit et nos sens ;
Et cependant toujours fidèle,
Notre pensée à tire-d'aile
Vole à toi, comme l'hirondelle
Vers les beaux jours et le printemps !

C'est que l'amour et l'espérance
Nous font les héritiers du ciel :
L'amour, salutaire souffrance !
L'espérance, rayon de miel !
L'amour, prix sacré de la route,
Onde pure que, goutte à goutte,
Du haut de la céleste voûte
Dieu veut laisser tomber sur nous,
Et que réchauffe de sa flamme
L'espérance, pieux dictame,
Quand la prière dans notre âme
Répand son parfum le plus doux !

Viens à notre aide, jeune fille,
Prie avec nous dans le saint lieu ;
L'homme en naissant perd sa famille :
Il la retrouve au sein de Dieu.
Hélas ! son courage succombe,
Chaque pas le mène à la tombe :
Enfant du ciel, douce colombe,
Relève-le, sois son soutien,
Et, ramassant dans la poussière
L'hymne ébauché de sa prière,
Vers le séjour de la lumière
Fais-le monter avec le tien.

IX

MARIE ORPHELINE.

Dominus pars hæreditatis meæ.

Le Seigneur est désormais mon héritage
(Ps. xv, v 5).

Dans le temple sacré ta vie était trop belle,
Car déjà le malheur en a terni le cours,
Et l'ange de la mort, sous le vent de son aile,
Vient de faire pâlir à la voûte éternelle
        L'étoile de tes jours.

Deux vieillards que le ciel unit pour ta naissance
Naguère s'inclinaient près de toi devant Dieu,
Sous l'autel où leur main conduisit ton enfance,
Et venaient contempler dans ton adolescence
Le lis de leur hymen grandissant au saint lieu.

Leur vieillesse glacée, au feu de ta prière
Réchauffait chaque jour ses membres rajeunis,
Et leurs yeux ranimés dans leur froide paupière
Retrouvaient par instants la vie et la lumière
        Dans tes regards bénis.

Où sont-ils maintenant? Dans la demeure sainte
Tu les cherches, hélas ! ils n'y reviendront plus !
Et ton cœur, où l'espoir a fait place à la crainte,
Au milieu des tourments dont il subit l'étreinte
Ne fait monter au ciel que des vœux superflus.

Ne les appelle pas, non, ces voûtes sublimes
Répèteraient en vain le cri de ton amour,
Car, pour les engloutir ouvrant ses noirs abîmes,
La tombe attend déjà ces nouvelles victimes
       Avant la fin du jour.

Viens prier avec nous auprès de l'humble couche
Où leur vie à tes yeux va bientôt s'épuiser ;
Pour réchauffer leurs mains, que la tienne les touche,
Et sur leurs fronts glacés qu'un baiser de ta bouche
Pour la dernière fois puisse encor se poser.

Ah ! pour toi cette épreuve est un cruel supplice !
Ton cœur se brise, enfant ! verse, verse des pleurs,
Car la tombe devient l'autel du sacrifice
Où ta lèvre aujourd'hui boit le premier calice
       De tes grandes douleurs.

Tu peux t'abandonner à toute ta tristesse,
Mon cœur comprend le tien sans peine et sans effort,
Et, posant un instant les fleurs qu'elle te tresse,
Ma poésie en deuil te suit avec tendresse
Pour pleurer avec toi près de ce lit de mort.

Ah ! puisqu'il en est temps, fille du Roi-prophète,
Auprès des saints vieillards hâte-toi de venir ;
Vois, leur œil presque éteint retrouve un air de fête ;
A genoux, pauvre enfant, penche ta jeune tête
       Que leur main va bénir.

Heure affreuse pour toi, mais pour eux fortunée !
Car le Seigneur préside à vos derniers adieux,
Et leur laisse entrevoir l'auguste destinée
Qui réserve à là Vierge à leurs pieds prosternée
L'hommage de la terre et la gloire des cieux !

Aussi comme la joie éclaire leur visage
Et dissipe un instant les ombres du trépas !
Pèlerins fatigués d'un pénible voyage,
Ils savent en partant pour l'éternelle plage
      Que tu les y suivras.

Mais toi, tu ne sais pas, car ton âme s'ignore,
Ce qui germe de grand dans ton être si pur :
O fleur du Paradis ! tu ne sais pas encore
Pourquoi chaque matin la perle de l'aurore
S'enchasse avec amour dans ta coupe d'azur !

L'âme des moribonds pénètre ce mystère
Sans se laisser troubler devant tant de grandeur !
Et, prenant son essor au-dessus de la terre,
Elle te laisse, enfant, pleurante et solitaire
      Au sein de la douleur.

Pleurante, oh ! oui, tes pleurs ont baigné ton visage,
Mais solitaire, non, car Dieu te tend la main.
Au début de tes jours c'est ton premier orage ;
Ainsi que le désert la vie a son mirage,
Mais il n'est pas pour toi, tu le verras demain.

Tes parents ne sont plus, mais Dieu te reste encore ;
C'est lui qui te conduit vers tes destins pieux.
La douleur maintenant te mine et te dévore ;
Mais ton âme s'épure afin de mieux éclore
      Comme une fleur aux cieux :

Car la douleur est sainte : à son creuset sublime
Nous devons tous passer pour remonter au ciel :
Et le Calvaire un jour, sur son auguste cime
Verra ton fils lui-même, innocente victime,
Poser sa lèvre ardente à l'éponge de fiel.

Cette froide dépouille, à ton amour ravie,
Tu l'as accompagnée en longs habits de deuil ;
Mais l'asile funèbre où tes pas l'ont suivie
N'est qu'une courte halte au milieu de la vie
   Dont tu foules le seuil.

Non, la tombe n'est pas une couche stérile
Où l'homme doit dormir un éternel sommeil ;
C'est un guéret sacré, c'est un sillon fertile
Où de nos ossements la semence d'argile
Dans le sein de la mort germe pour le réveil.

Lève les yeux au ciel, c'est là qu'est l'espérance,
Radieux talisman que l'âme attend toujours,
Soleil au disque d'or chéri de la souffrance,
Et que l'humanité voit depuis ta naissance
   Paraître tous les jours.

Reviens, reviens au temple, ô ma pauvre orpheline,
Donne-toi désormais tout entière au Seigneur ;
Abrite ton front pur sous son aile divine ;
La prière et l'amour dans ta chaste poitrine
D'un même battement vont agiter ton cœur.

X

LE MARIAGE.

Veni, et ostendam tibi sponsam, uxorem agni.

Venez, et je vous montrerai l'épouse qui a
l'agneau pour époux (Apocal., ch. xxi, v. 9).

I

Pourquoi donc tout ce bruit auprès du sanctuaire?
Les promesses que Dieu fit un jour à la terre
Vont-elles s'accomplir au pied de son autel?
Nul ne le sait encore, et l'ombre du mystère
Dérobe à l'œil humain ce grand secret du ciel.

Et pourtant dans les airs quelque chose d'étrange
Se manifeste à nous; le glaive de l'Archange
Aux portes de l'Eden laisse pâlir ses feux,
Et l'horizon, serein comme un sourire d'Ange,
Nous paraît aujourd'hui plus pur, plus radieux.

Hier Jérusalem pâle et décolorée
Suivait dans sa douleur une Vierge sacrée
Et pleurait avec elle auprès d'un froid cercueil;
Mais, plus vieille d'un jour, sa jeunesse dorée
Remonte vers la joie en passant par le deuil.

Car cette Vierge auguste, héritière d'un trône,
De l'hymen aujourd'hui va ceindre la couronne,
Et les grands d'Israël se disputent sa main;
Jeunes gens que l'amour ou la gloire environne,
Tous accourent en foule au bord de son chemin.

Dans leur esprit en feu l'amour a fait éclore
Ses rêves embrasés que l'espérance dore ;
Douce oasis du cœur, harmonieuse voix
Qu'on écoute un instant pour l'écouter encore,
Comme un doux chant d'oiseau dans l'épaisseur des bois.

Un même sentiment près d'elle les enchaîne,
Mensonge de l'amour dont leur poitrine est pleine !
Ils peuvent invoquer le ciel à deux genoux :
Leurs vœux sont superflus, leur espérance est vaine,
La fille de David attend un autre époux.

Des grandeurs de la terre il n'en connaît aucune :
Pauvre et simple ouvrier, il n'a d'autre fortune
Que l'innocence éclose au foyer de son cœur ;
Au sein de tous ces grands sa présence importune
Ne trouve pour accueil qu'un sourire moqueur.

Mais pour cet artisan que le Seigneur protége,
Votre dédain bientôt deviendrait sacrilége,
Riches, heureux du temps, ne le repoussez pas,
Car les Anges du ciel pour lui faire cortége,
Les mains pleines de fleurs, se pressent sur ses pas.

De toutes les vertus noble et touchant exemple,
Son cœur, que Dieu lui-même avec amour contemple,
Sous ce brûlant regard s'est senti réjouir......
Son rameau d'amandier déposé dans le temple
Au pied des saints autels vient de s'épanouir.

Cours à lui, Zacharie ; un éclair de lumière
T'a déjà révélé, sous la robe grossière
De cet humble étranger, le descendant des Rois !
Aux larmes d'une enfant joignez votre prière,
Que vos soupirs vers Dieu s'élancent à la fois.

Pauvre Vierge ! son cœur se livre à la tristesse :
En vain, pleines d'amour, de joie et de tendresse,
Les Almas ont voulu la couronner de fleurs ;
Quand tout pour son hymen se remplit d'allégresse,
Seule dans cette joie elle n'a que des pleurs !

Ah ! dites-lui du moins, pour qu'elle ne l'ignore,
Qu'au sein de cet hymen l'épouse doit encore
De la Vierge garder toute la pureté,
Comme un palmier fleuri que le soleil dévore
Garde tout son parfum et toute sa beauté !

Oh ! oui, tu garderas ta virginité pure,
Enfant, comme le lis dans l'immense nature
Garde tout son éclat sous le ciel radieux,
Comme le saule aux vents livre sa chevelure
Sans cesser de pleurer sur un tombeau pieux.

II

Reçois l'époux que Dieu te donne,
De l'anneau d'or orne ta main,
O Vierge, accepte la couronne
De l'innocence et de l'hymen.
De tes sœurs la foule empressée
Pare ton front de fiancée
De rubis aux mille couleurs,
Comme ces gouttes de rosée
Dont chaque nuit couvre les fleurs.

Tu peux ouvrir à l'espérance
Ton cœur que Dieu fit pour l'autel ;
Les vœux de ta première enfance
Sont inscrits au livre du ciel :

Il permet, sagesse profonde !
Qu'alors que ton âme s'inonde
Des feux de l'amour aujourd'hui,
Tu sois épouse aux yeux du monde
En restant vierge devant lui.

De la grâce étrange miracle !
Dieu se prépare dans ton sein
Le plus auguste tabernacle
Où reposa son front divin :
Et quand tu sors du sanctuaire,
Où près de toi, dans le mystère
Veillait l'Ange de son amour,
Il veut qu'un Ange de la terre
Veille autour de toi nuit et jour.

Cet Ange auquel il te confie,
Comme une fleur qu'il éleva,
Devant toi s'incline, ô Marie !
Comme à l'autel de Jéhovah.
Enfant de race Davidique,
Avec toi sous le saint portique
Il vient, courbant son front pieux,
Ressaisir la couronne antique
Dont se parèrent vos aïeux.

Pur symbole de ta pensée,
A l'ombre de la vaste nef,
Que ta main soit donc enlacée,
O Vierge, à celle de Joseph ;
Que vos jours, image de l'onde,
S'écoulent loin du bruit du monde
Aussi purs que dans le saint lieu....
La lumière est toujours féconde
Quand elle luit sous l'œil de Dieu.

III

Et toi, Jérusalem, cité des grandes choses,
Couronne aussi ton front de myrtes et de roses,
Livre à l'aile des vents tes accents les plus doux,
Ecoute retentir dans l'ombre où tu reposes
Le cantique joyeux de tes chastes époux.

Pour les suivre aujourd'hui dans ton enceinte aimée,
Tes vierges vont sortir de leur couche embaumée :
Comme elles lève-toi, reine de l'Orient,
Couvre de plus de fleurs ta robe parfumée,
Des perles de tes mers orne ton front riant.

La harpe de David, si long-temps endormie,
Semble avoir retrouvé sa plus douce harmonie
Pour te chanter encor ses mystiques concerts ;
Souvenir qu'en mourant te légua son génie,
Et qui vibre en ton cœur ainsi que dans mes vers.

Joins donc ta voix puissante à cette voix sublime,
L'espoir du monde entier dans tes bras se ranime,
Salue avec amour l'heure de son réveil.....
Prêt à quitter son aire aux flancs d'un noir abîme,
L'aiglon fixe un instant le disque du soleil.

———

RETOUR A NAZARETH.

XI

Reversi sunt in Galilœam, in civitatem suam Nazareth.

Ils retournèrent en Galilée, dans leur ville de Nazareth (Évang. selon saint Luc, ch. II, v. 39).

I

O fille de David, te voilà donc épouse !
De ton bonheur, enfant, sois contente et jalouse,
La terre a pris pour toi ses plus belles couleurs,
Et, s'épanouissant dans des flots de verdure,
Le printemps à tes pieds sourit à la nature
  Qu'il environne de ses fleurs.

C'est lui qui devant toi, pour la rendre plus belle,
Se plaît à chaque pas à répandre sur elle
L'émail de ses trésors dont l'air est embaumé ;
C'est lui qui, déroulant sa guirlande fleurie,
Veut encore aujourd'hui des champs de ta patrie
  T'ouvrir le chemin bien-aimé.

Viens donc avec Joseph, Vierge de Galilée !
Nazareth, endormie au fond de sa vallée
Comme une fleur éclose au réveil d'un beau jour,
T'attend sous les palmiers aux hautes colonnades
Où le rossignol mêle au doux bruit des cascades
  L'hymne plaintif de son amour.

Mais, avant de quitter l'enceinte de Solime,
Sur les murs bien-aimés de son temple sublime
Une dernière fois jetez encor les yeux :
C'est là que pour bénir votre chaste hyménée
La droite du Seigneur sur vous s'est inclinée ,
   Sous le dôme étoilé des cieux.

Pour vous laisser passer, les monts de Samarie
S'inclinent devant vous sous la brise attiédie
Qui balance à leurs pieds les arbustes en fleurs,
Et, plus belle aujourd'hui, la rose éblouissante
Ouvre joyeusement sous la lumière ardente
   Sa couronne aux vives couleurs.

Là l'altier Garizim, confus de sa disgrâce,
De son temple détruit conserve encor la trace
Et cache dans les cieux son front déshérité......
Saluez en passant Sébaste la romaine,
De ses mille palais étalant dans la plaine
   La fastueuse vanité.

Ici c'est le Thabor que la lumière inonde,
Le Thabor attendant dès le berceau du monde
Que l'avenir pour lui sonne l'heure de Dieu,
Et que le Verbe saint, préparant sa victoire,
Aux yeux de l'univers paraisse dans sa gloire,
   Couvert d'un nuage de feu.

Oh! restez un instant sur ces hauteurs sacrées!
Que de l'Esprit divin vos âmes éclairées
Sur l'aile de la foi s'élancent jusqu'au Ciel,
Et, du Dieu de Jacob pénétrant les oracles,
Vous pourrez voir germer la moisson de miracles
   Que doit semer l'Emmanuel!

Ressaisissant déjà sa couronne perdue,
La vieille humanité dans la tombe étendue
Fixe un regard d'amour sur les bords du Jourdain,
Car c'est ici que Dieu qui la fit immortelle
Se penche pour ouvrir aujourd'hui devant elle
      Les portes du nouvel Eden.

C'est au pied de ces monts, dans cette immense plaine,
Que des siècles éteints vous renouez la chaîne,
En promettant la vie aux siècles à venir ;
Et, d'un monde meilleur emportant la semence,
Vous foulez sous vos pas les lieux où recommence
      Le vieux monde prêt à finir.

Nazareth à vos yeux s'épanouit plus belle ;
La joie est dans son cœur, son regard étincelle
Comme une étoile d'or brille au front de la nuit.
Naguère loin de vous, par la douleur brisée,
Elle livre à l'amour, douce et chaste pensée,
      Son cœur où l'espérance luit.

Venez, ne trompez pas cette pieuse attente !
Vers les champs bien-aimés de la patrie absente
Tu vas donc, Vierge sainte, aujourd'hui revenir !
Tu partis tout enfant, tu reparais épouse,
Et Nazareth accourt, mère tendre et jalouse,
      Pour te chanter et te bénir.

II

    Oh ! oui, sois à jamais bénie
    Et sur la terre et dans les cieux !
    Que de ton nom seul l'harmonie
    Arrache à la lyre endormie

Des sons plus purs, plus gracieux !
Au sein de l'immense nature
Que toute bouche le murmure
Et le répète avec amour,
Soit quand la nuit vaste et profonde
Répand ses ombres sur le monde,
Soit à l'heure où du sein de l'onde
Le soleil ramène le jour.

Douce colombe, que ton aile
Vienne se reposer encor,
D'un élan rapide et fidèle,
Dans la demeure paternelle
Dont tu fus l'unique trésor.
C'est là que ta première enfance
S'écoula pleine d'espérance
Dans le mystère de ton cœur,
Quand devant toi, Vierge sacrée,
Du haut de la voûte éthérée,
Dieu posa la coupe dorée
De l'innocence et du bonheur.

Semblable au jour qui vient d'éclore
Après une trop longue nuit,
Dans ces lieux tu parais encore
Aussi pure qu'à ton aurore,
Et c'est Joseph qui te conduit.
Le Ciel dans votre âme ravie
A voulu que l'Esprit de vie
Allumât son feu créateur
Près du berceau de ton enfance,
Car c'est ici que l'espérance
Au seuil de l'avenir immense
Jeta sa première lueur.

XII

L'ANNONCIATION.

Et ait Angelus ei : Ne timeas, Maria ; invenisti enim gratiam apud Deum : ecce concipies in utero, et paries filium, et vocabis nomen ejus Jesum. Hic erit magnus, et filius Altissimi vocabitur, et dabit illi Dominus Deus sedem David patris ejus ; et regnabit in domo Jacob in æternum, et regni ejus non erit finis. Et ecce Elizabeth, cognata tua, et ipsa concepit filium in senectute suâ.

Et l'Ange lui dit : Ne craignez point, Marie ; car vous avez trouvé grâce devant Dieu : vous concevrez dans votre sein, et vous enfanterez un fils à qui vous donnerez le nom de Jésus. Il sera grand et sera appelé le fils du Très-Haut ; le Seigneur lui donnera le trône de David son père ; il règnera éternellement sur la maison de Jacob, et son règne n'aura point de fin. Voilà que votre cousine Elisabeth a elle-même conçu un fils dans sa vieillesse (Evang. selon saint Luc. chap. I. v. v. 30, 31, 32, 33 et 36).

I

Jéhovah se taisait ! Aux splendeurs éternelles
Les Anges du Très-Haut avaient plié leurs ailes ;
Sans pitié désormais pour les maux de Sion,
Aucun d'eux ne venait annoncer le pardon ;
La mort avait scellé la bouche des Prophètes.
En vain, comme autrefois dans les chants et les fêtes,
Le prêtre chaque jour, pour apaiser le Ciel,
Sous les couteaux sacrés ensanglantait l'autel ;
Le Saint des Saints muet ne rendait plus d'oracles....
Il avait fui le temps si fécond en miracles

Où la voix d'un mortel, parlant au nom de Dieu,
Arrêtait le soleil dans sa courbe de feu.
Jacob voyait sa gloire à tout jamais pâlie,
Des crimes de Juda la coupe était remplie,
Et le sceptre, trop lourd pour ses débiles mains,
Tombait comme une proie en partage aux Romains.

Et c'était là pourtant la nation bénie,
Par ses propres malheurs tant de fois rajeunie !
C'était bien là toujours le peuple élu du Ciel,
Qui devait louer Dieu dans un culte immortel,
Et conserver intact, comme un blason de gloire,
L'espoir du genre humain sculpté dans son histoire.
Mais il ne savait plus, terrible châtiment !
Lire son avenir dans ce saint monument ;
Il ne savait plus voir, dans chaque Prophétie,
Comme le vrai soleil resplendir le Messie.
Le voile de l'orgueil abaissé sur ses yeux
Cachait à ses docteurs les mystères des cieux.

Ailleurs l'esprit du mal, de ses ailes funèbres
Sur la face de Dieu secouait les ténèbres ;
Et, couvrant l'univers de son manteau de deuil,
De toute vérité préparait le cercueil.
Partout le genre humain, sans astre et sans lumière,
S'éteignait dans la nuit. En vain, de la prière,
Devant ses dieux de chair nuit et jour prosterné,
L'homme envoyait au Ciel le parfum profané ;
Le Ciel le repoussait. De sa droite irritée
Dieu vengeait la vertu par le monde insultée,
Et le monde, miné par d'incurables maux,
Comme un vieux vêtement s'en allait en lambeaux.

L'Orient, dans l'éclat de ses nuits lumineuses,
Croyait apercevoir les troupes radieuses
Des esprits qui venaient aux champs du firmament
Semer dans tout le Ciel leurs flots de diamant.

Puis, quand l'astre géant se levait sur le monde,
Il adorait en lui la puissance féconde,
Le Dieu conservateur qui, sur l'humanité,
Avec les feux du jour versait la vérité.

II

Rome avait fait trembler la terre
Sous les pas de ses légions,
Son aigle tenait dans sa serre
Tout l'avenir des nations.
Devant l'éclair de sa couronne,
Grandeur, sceptre, majesté, trône,
Toute puissance avait pâli :
Dans son sein, dévorant abîme
Creusé par la gloire et le crime,
Elle avait tout enseveli.

Le genre humain, son tributaire,
Pour embaumer ses palais d'or,
De tous les parfums de la terre
Venait lui porter le trésor.
Pour que l'unité fût complète,
Lorsque les Dieux de la conquête
Entraient dans la grande cité,
Rome offrait à leur république
De son Panthéon magnifique
La splendide hospitalité.

III

Tout l'Olympe était là : spectacle grandiose,
Rome avait réuni dans cette apothéose

Tous les héros dont l'homme avait peuplé les cieux.
Un seul manquait, frappé d'une longue disgrâce,
Un seul dans ce palais n'avait pas eu de place
        Au rendez-vous de tous les dieux.

C'est qu'il était trop saint pour un tel sanctuaire,
Trop grand pour accepter un encens si vulgaire ;
Son ombre seule eût fait trembler le Panthéon !
C'est que les dieux impurs qui remplissaient l'enceinte
Seraient tombés, ainsi que devant l'Arche sainte
        Les simulacres de Dagon.

Mais il s'était bâti dans l'ombre et le silence
Un autre Panthéon ; et sa toute-puissance
L'inondait des parfums et des clartés du Ciel.
Son temple était le sein d'une vierge innocente,
Lis embaumé d'amour, couche odoriférante
        Où doit dormir l'Emmanuel.

La Vierge grandissait dans un humble mystère ;
Le chef-d'œuvre donné par le Ciel à la terre
Devait s'épanouir loin de tout œil charnel ;
Il fallait que le Christ, agneau saint et mystique,
Vînt cueillir le premier le parfum angélique
        De son sourire maternel.

Et de l'ancien des jours quand l'heure fut venue,
L'Archange Gabriel s'élança de la nue
Pour venir à ses pieds courber son front pieux ;
Déployant dans les airs ses deux ailes de flammes,
Il la salua Reine entre toutes les femmes,
        Et sur la terre et dans les cieux.

— Salut, salut à toi, Vierge sainte et bénie !
Car du Dieu de Jacob la puissance infinie
Réserve à ton front pur une auréole d'or ;
Ne crains point, devant lui ton âme a trouvé grâce ;
Son cœur en te créant oublia la disgrâce
      Dont l'Eden se souvient encor.

Du Ciel l'esprit du mal sonnait les funérailles ;
Mais voici que bientôt dans tes chastes entrailles
Tu concevras un fils qu'on nommera Jésus ;
Et ce fils bien-aimé, d'origine immortelle,
Viendra réaliser la promesse éternelle
      Des Prophètes qui ne sont plus.

Descendant de David, sans sceptre et sans couronne,
Il sera grand et fort, Dieu lui rendra le trône,
Car le Seigneur peut tout dans son éternité ;
Regarde Elizabeth ; sa vieillesse inféconde
N'a-t-elle pas aussi pour étonner le monde
      Reconquis sa fécondité ! —

Confuse de bonheur à ce langage étrange,
La Vierge, suspendue aux paroles de l'Ange,
Comprit et respecta la volonté des cieux ;
Son cœur plus que jamais s'ouvrit à la prière,
Et le Verbe entouré de vie et de lumière
      Descendit dans ses flancs pieux.

XIII

LA VISITATION.

Et ait Maria : Magnificat anima mea Dominum.

Et Marie s'ecria : Mon âme glorifie le Seigneur (Evang. selon saint Luc, chap. 1, v. 46).

I

Hier tu tressaillais d'amour et d'allégresse,
Vierge sainte, quand l'Ange incliné devant toi
Rappelait de l'Éden l'ineffable promesse
    A ton cœur plein de foi.

Du messager du Ciel la parole féconde
Ouvrit tes chastes flancs au Dieu de l'univers,
Mystérieux soleil que dans sa nuit profonde
Israël doit bientôt voir briller dans les airs.

Mais avant de reprendre à la voûte éternelle,
Parmi les flots d'azur, son vol majestueux,
Il voulut te laisser une image fidèle
    De la faveur des Cieux.

Et transportant ton âme au milieu de l'espace,
Dans la ville d'Hébron, à l'horizon vermeil,
Du livre de ta vie il ouvrit la préface
Comme une fleur qui s'ouvre aux rayons du soleil.

Ton regard aussitôt d'une clarté nouvelle
S'éclaira, pour mieux lire au sein de l'avenir ;
Tu vis Elizabeth, et tu sentis comme elle
    Ton cœur s'épanouir.

La charité brûlante, image de ton âme,
Auprès d'elle bientôt te guida par la main,
Et son flambeau puissant fut l'astre dont la flamme
Comme un phare sacré brilla sur ton chemin.

Tu partis dans le mois où la rose embaumée
Entr'ouvre ses boutons vainqueurs des longs frimas,
Quand l'hirondelle vient sous le Ciel d'Idumée
    Chercher d'autres climats.

Tu partis ; mais alors, s'élançant de la nue,
L'Ange redescendit, ouvrant ses ailes d'or ;
Au seuil de Zacharie annonçant ta venue,
Messager de bonheur, il reparut encor.

Et la mère de Jean, fière de ta présence,
Accourut aussitôt, dans un transport divin,
De l'univers entier saluer l'espérance
    Eclose dans ton sein.

Sa foi de l'avenir pénétra le mystère,
Pressentiment sacré que partageait ton cœur,
Aube des jours de paix réservés à la terre
Après quatre mille ans de lutte et de malheur.

On dit qu'à tes côtés, oubliant sa vieillesse,
Elle sentit bondir dans ses flancs rajeunis
L'enfant prédestiné qu'un jour à sa tendresse
    Le Ciel avait promis.

Tressaillement divin, mystérieuse aurore
De l'union du Verbe avec l'humanité !
O prodige ! un enfant qui ne vit pas encore
Voit briller dans ton sein l'astre de vérité !

Tout entière à sa joie, Elizabeth s'étonne
Que la Reine du Ciel la visite en ce jour,
Et son cœur plein d'espoir se livre et s'abandonne
    Aux transports de l'amour.

— Je te bénis, dit-elle, entre toutes les femmes,
O Vierge ! que ton fils soit béni comme toi !
D'où me vient ce bonheur que, dans ces jours infâmes,
La mère de mon Dieu daigne venir à moi ?

Quand tu m'as saluée, à ta voix, tout-à-l'heure,
D'aussi loin que j'ai vu poindre ton front serein,
Mon fils encore à naître, au seuil de ma demeure,
    Tressaillait dans mon sein.

Heureuse d'avoir cru la parole féconde
Qui sur des lèvres d'Ange à ton cœur arriva,
Tu verras s'accomplir pour le salut du monde
Les promesses d'amour que te fit Jéhovah !... —

Et quand elle se tut, l'extase prophétique
Fit jaillir de ta bouche un hymne saint et pur,
Harmonieux écho de l'éternel cantique
    Qui vibre dans l'azur.

II

— Seigneur ! pour vous chanter et dire vos louanges,
Je voudrais emprunter à la lyre des Anges
    Ses concerts les plus doux ;

Dans mon sein virginal votre fils prend la vie,
Et les transports pieux de mon âme ravie
    S'élancent jusqu'à vous.

Car vous avez daigné sur votre humble servante
Abaisser vos regards ; et votre main puissante,
    Préparant ma grandeur
Pour les siècles futurs dont l'amour m'environne,
A posé sur mon front l'immortelle couronne
    D'un éternel bonheur.

Vous avez, ô mon Dieu ! pour racheter la terre,
Ramené l'espérance en mon cœur solitaire
    Et fécondé mon sein ;
Votre miséricorde est l'unique partage
De tous ceux qui craindront désormais d'âge en âge
    Votre nom trois fois saint.

Votre bras irrité s'est armé de la foudre :
Et les méchants ont vu s'écrouler dans la poudre
    Leur faste et leur orgueil ;
Les grands sont renversés de leurs chars de victoire,
Et demain les petits s'assiéront dans la gloire
    Sur ces débris en deuil.

Sans pain, sans vêtements dans cette vie amère,
Celui qui se courbait au vent de la misère
    Se lève devant vous ;
Et le riche, traînant au sein de l'indigence
Le souvenir menteur de sa vaine opulence,
    Mendie à deux genoux.

Le peuple d'Israël, oubliant sa détresse,
Voit enfin s'accomplir votre antique promesse
    Et devient votre enfant,

Car il sait que jadis, en des jours plus prospères,
Votre bouche promit à la foi de ses pères
      L'avenir triomphant. —

III

L'avenir! c'est toi qui le portes,
Il germe dans ton sein pieux;
Du passé tu fermes les portes
Pour nous ouvrir celles des cieux.
Chante, chante, Vierge bénie,
Couronne ta tête de fleurs;
Jamais la lyre du génie
Ne jeta si douce harmonie
Au milieu de tant de douleurs.

Bientôt, surgissant des tempêtes,
L'Eglise entière redira
L'hymne sacré que tu répètes;
Dans ses chants il retentira.
Et sous leur voûte magnifique,
Nos temples entendront toujours,
Comme un écho saint et mystique,
Résonner l'éternel cantique
De ta joie et de tes amours.

XIV

LA VIERGE-MÈRE.

Et Verbum caro factum est.

Et le Verbe s'est fait chair (Evang. selon
saint Jean, ch. 1, v. 14).

I

Des cités d'Israël, ô toi la plus infime,
Bethléem, l'avenir te fait grande et sublime !
Car à tes pieds un jour tu verras à la fois
Les Mages, les Bergers, les Peuples et les Rois.
Ton front se parera d'une étoile divine,
Diadème sacré que le Ciel te destine ;
Et de toi sortira l'enfant, l'Emmanuel
Qui doit guider la terre aux rivages du Ciel.

Tels étaient les accents que dans le monde antique
Jetait à ta vallée une voix prophétique.
Elle ne mentait pas.... C'est dans ton sein pieux
Que doivent s'accomplir les oracles des cieux.
Le moment est venu ! dans la ville éternelle
L'aigle du Capitole, en déployant son aile,
Fixe un regard ardent sur l'astre au disque d'or,
Et trouve l'ancien monde étroit pour son essor.

Sur les peuples vaincus levant sa tête altière,
Auguste sous ses pas foule la terre entière,
Il veut en dénombrer les pâles habitants ;
Et la terre, à genoux devant ce dieu du temps,

Sur l'autel de la gloire encensant le génie,
Se courbe sous la honte et sous l'ignominie.
La liberté n'est plus ; le colosse romain
Dans ses vastes états parque le genre humain.

Hommes, obéissez, César vous laisse vivre :
Allez vous faire inscrire aux pages de ce livre
Où le tyran pourra mesurer dans son cœur
Le faîte éblouissant de sa vaine grandeur.
O projets insensés de la sagesse humaine !
Dieu renonce-t-il donc à l'éternel domaine
Des choses d'ici-bas ? Non, son fils va venir
Semer encor la vie aux champs de l'avenir.

La maison de Jacob a perdu sa couronne ;
Mais, s'épanouissant sur les degrés du trône,
La tige de Jessé refleurit en ce jour
Plus belle que jamais d'espérance et d'amour,
Car Joseph s'est levé pour conduire Marie
Au berceau bien-aimé de sa tribu chérie,
Et les Anges du Ciel descendent du saint lieu ;
Dans son sein chaste et pur la Vierge porte un Dieu.

Aux confins du désert, après un long voyage,
Tous deux de Bethléem ont vu poindre l'image
Dérobée à demi par les vapeurs du soir.
Dans sa pieuse enceinte ils vont bientôt s'asseoir.....
Mais non, trompeuse attente, espérance inutile !
Bethléem envahi leur refuse un asile,
Et les enfants des Rois reviennent loin du bruit
Demander au désert un abri pour la nuit.

L'ombre couvre les monts de ses voiles funèbres ;
Là bas, dans une étable, au milieu des ténèbres,
Est la retraite obscure où, loin de tous les yeux,
Va naître le Sauveur promis à nos aïeux.

Seuls, au milieu du deuil de la nature immense,
Les époux pleins de foi retrouvent l'espérance,
Et tous deux à genoux dans ce triste séjour
Font monter au Seigneur le cri de leur amour.

L'étoile dit minuit. C'est l'heure solennelle
Que choisit du Très-Haut la sagesse éternelle.
Le Verbe s'est fait chair, et, s'abaissant pour nous,
De son père irrité désarme le courroux.....
Voyez-vous dans les airs ces myriades d'Archanges?
Entendez retentir l'hosanna de louanges,
Extatique concert aux sons délicieux,
Disant: — Paix à la terre et gloire au sein des cieux ! —

II

Tremblante de bonheur, dans cette humble demeure,
La Vierge entre ses bras presse l'enfant qui pleure.
Pour dérober son corps aux injures de l'air,
Elle ne trouve, hélas ! ô souvenir amer !
Qu'un peu de paille abjecte aux recoins d'une étable...
Celui qui dans le Ciel, sur son trône adorable,
Voit fumer devant lui les parfums de l'amour
Et règne environné de l'immortelle cour,
Seul et saisi de froid, n'a plus dans sa misère
Que les tristes haillons dont l'entoure sa mère !
Celui qui dans sa main tient la terre et les mers
Et d'un de ses regards fait trembler l'univers,
Sans force, sans éclat, au milieu des alarmes,
N'a plus que des soupirs et d'impuissantes larmes !...
Des secrets éternels sublime profondeur !
Le premier homme, épris d'une vaine grandeur,
Esclave de l'orgueil et de l'indépendance,
Avait sur nous du Ciel attiré la vengeance ;

Pour soulager nos maux Dieu veut naître et souffrir ;
Pour nous rendre la vie, il aspire à mourir.
Oh ! qui me donnera la lyre des Prophètes ?
Le signe d'alliance a brillé sur nos têtes.
Jusqu'à notre néant le Verbe est descendu,
Dans son pauvre berceau le Ciel nous est rendu !

III

Qui dira les transports de cette sainte mère
Couvrant de ses baisers l'enfant qu'elle révère?
Au fils de l'Eternel Marie offre son sein
Comme un lis virginal qui s'entr'ouvre au matin,
Breuvage maternel, coupe odoriférante
Que presse l'Enfant-Dieu de sa main caressante....
O terre, fais silence ! et toi, céleste cœur,
Contemple avec respect ce mystère d'amour.

Repassant dans son cœur l'oracle prophétique,
Marie exhale encor l'ineffable cantique
Qu'auprès d'Elizabeth, tressaillant de bonheur,
Son âme dans l'extase adressait au Seigneur :
— L'Eternel a jeté sur son humble servante
Un regard protecteur, et sa droite puissante,
Divinisant ce sein dont il voulait sortir,
Me fait heûreuse et grande aux yeux de l'avenir. —

XV

LES BERGERS.

Pastores loquebantur ad invicem : Transeamus usque Bethleem, et videamus hoc verbum quod factum est.

Les Bergers se disaient l'un à l'autre : Passons jusqu'à Bethléem, et voyons ce qui est arrivé (Évang. selon saint Luc, chap. ii, v. 15).

I

Où courent ces Bergers lorsque la nuit profonde
De paix et de mystère enveloppe le monde ?
Viennent-ils entonner un hymne triomphant
Près du berceau pieux où repose un enfant ?
Ils l'ignorent... Errants au pied de la colline,
Ils ont vu tout-à-coup une lueur divine
Comme un immense phare illuminer les cieux.
De l'hosanna des saints l'écho délicieux
Retentit sur leur tête, et sa douce harmonie
Caresse mollement leur oreille ravie.
Pourquoi cette clarté ? Pourquoi ces chants si doux ?
Signes mystérieux, que leur annoncez-vous ?
Un Ange va descendre encore de la nue ;
J'entends sa voix céleste à la terre inconnue,
Et mon œil dans les airs a vu ses ailes d'or
Aux champs de Bethléem abattre leur essor.

Bergers, inclinez-vous devant son auréole,
Du messager du Ciel écoutez la parole :
— Ne craignez pas, dit-il ; votre cœur en ce jour
Pourra s'abandonner aux transports de l'amour ;

Car de la vérité les semences divines
Ont plongé dans le sol leurs fécondes racines,
Et le vent du désert jette au monde étonné
Ce cri consolateur : un Sauveur vous est né.
C'est du sein d'une Vierge, adorable mystère,
Qu'il a voulu venir apporter à la terre
La paix et le bonheur que l'homme avait perdus,
Et que depuis l'Eden il ne connaissait plus.
Venez, malgré la nuit et ses voiles funèbres,
La foi comme un soleil dissipe les ténèbres ;
Dans une pauvre étable, asile délabré,
Vous trouverez l'enfant de langes entouré. —

Aussitôt, s'unissant aux paroles de l'Ange,
Mille voix du Seigneur entonnent la louange,
Et les derniers échos de ce chant solennel
Vont se perdre en mourant au rivage éternel.

Tout s'est évanoui... Penchés sur leur houlette,
Les pâtres sont saisis d'une terreur muette,
Et, d'un regard pensif interrogeant les cieux,
Prêtent encor l'oreille à ces concerts joyeux...
Mais ils n'entendent plus que la brise plaintive ;
Leurs yeux suivent en vain la lueur fugitive :
La nuit a répandu ses voiles dans les airs
Et repris son empire au sein de l'univers.

Ils se disent entre eux : — Allons voir ce mystère,
Ce prodige inouï qui rajeunit la terre ;
Allons à Bethléem, comme dans le saint lieu,
Dans les bras de sa mère adorer l'Enfant-Dieu. —

A ces mots, dans leur cœur où l'amour se ranime
La foi vient de jeter sa lumière sublime,

Et c'est à la lueur de cet astre nouveau
Qu'ils dirigent leurs pas vers le divin berceau.
Ils s'avancent joyeux à travers les campagnes;
Leurs chants sont répétés par l'écho des montagnes :
Ils arrivent enfin près de l'heureux séjour
Où d'une Vierge-mère un Dieu reçut le jour.

Ils entrent. O bonheur ! Enveloppé de langes,
C'est l'enfant nouveau-né qu'ont annoncé les Anges
Et que la terre en pleurs attendait à genoux !
Que son front est serein ! Que son regard est doux !
Quel céleste rayon éclaire son visage !
D'innocence et de paix délicieuse image,
La Vierge sur son cœur, dans un transport pieux,
Presse l'Emmanuel, espoir de nos aïeux.
Les Prophètes anciens sortent de leur suaire
Pour saluer l'enfant dans les bras de sa mère,
Et près de son berceau, premiers adorateurs,
Mêlent leur voix sacrée à celle des pasteurs.
Tous ensemble, à l'envi, sous l'humble toit de chaume,
Chantent l'hymne de gloire au fils de Dieu fait homme.
Et les Anges, penchés dans les Cieux entr'ouverts.
Contemplent le Sauveur promis à l'univers.

II

Pauvre poète ! sur ma lyre
En vain je voudrais reproduire
Le souvenir de ces grandeurs :
Dans mon néant et ma faiblesse
Je ne puis qu'adorer sans cesse
Devant la crèche des pasteurs.

Leçon salutaire et sublime !
Dieu veut une pure victime
Pour calmer son juste courroux ;
Et, revêtant notre nature,
Son fils, divine créature,
S'offre en holocauste pour nous.

Sans asile dès sa naissance,
Il veut recouvrir son enfance
Des haillons de la pauvreté,
Et que les humbles de la terre
Percent les premiers le mystère
Où se cache sa royauté.

Sous tes yeux, mère du Messie,
Qu'un soupir de ma poésie
Puisse au moins s'élancer vers lui ,
Comme un sourire de l'aurore,
Comme l'hymne tendre et sonore
De Philomèle dans la nuit.

Près de ce berceau que tu veilles,
Elle veut, à pleines corbeilles,
Jusqu'au jour répandre ses fleurs,
Et rallumer dans la nuit sombre
La lueur qui du sein de l'ombre
Apparut aux yeux des pasteurs.

XVI

LA CIRCONCISION.

> *Et postquàm consummati sunt dies octo, ut circumcideretur puer, vocatum est nomen ejus Jesus, quod vocatum est ab Angelo priùsquam in utero conciperetur.*
>
> Le huitième jour auquel l'enfant devait être circoncis étant arrivé, on lui donna le nom de Jésus, qui était le nom que l'Ange lui avait donné avant qu'il fût conçu dans le sein de sa mère (Évang. selon s. Luc, chap. II, v. 21).

I

Depuis que sur la terre un funeste génie
De l'orgueil apporta le dévorant venin ;
Depuis que de l'Eden l'humanité bannie
     S'enfuit devant le séraphin,
Reine que poursuivait la vengeance suprême,
     Portant le sceau de l'anathème
     Gravé sur son front obscurci ;
Dans l'abîme du mal était plongé le monde...
Alors le Christ ému, d'une pitié profonde,
     Dit à son père : — Me voici.

Vous n'êtes plus touché des nombreux sacrifices
Que des terrestres lieux vous offrent les mortels ;
Vous dédaignez le sang des boucs et des génisses
     Dont ils arrosent vos autels.

Inutiles efforts! La grandeur de leur crime
　　　Demande une pure victime
　　　Pour apaiser votre courroux....
Toute chair est coupable... Eh bien ! la mienne est prête,
Et de votre justice essuyant la tempête,
　　　Je viens tomber à vos genoux. —

Sa voix a du Dieu fort apaisé la colère.
Le pacte solennel est écrit dans les Cieux,
Et sous les saints parvis de la divine sphère
　　　Résonne un hymne glorieux.
Sur son trône, Satan, que glace l'épouvante,
　　　Frémit, dans une horrible attente,
　　　De fureur et de désespoir.
Mais la terre sourit comme après les orages,
Quand le soleil vainqueur, triomphant des nuages,
　　　Lui promet encore un beau soir.

Le moment est venu. Dans le sein de Marie
Le Verbe anéanti voile sa majesté,
Et, de l'homme élevant la nature flétrie,
　　　L'unit à sa divinité.
Bethléem l'a vu naître. O mystère adorable !
　　　Et dans ce sentier redoutable
　　　Qui va de l'étable à la croix
Il brûle de marcher... Sa mère le contemple !....
Tendre agneau, qui bientôt versera dans le temple
　　　Son sang pour la première fois !...

Huit jours sont écoulés. Il est temps, Vierge sainte,
A son frêle berceau dérobez le Sauveur;
Allez le présenter dans cette auguste enceinte
　　　Où le réclame la douleur.

Pontifes, accourez : c'est le Dieu des Prophètes...
    Pleins de respect courbez vos têtes ;
    Ce Dieu dans le Ciel adoré,
Pour accomplir la loi que promulgua Moïse,
Immolant au Très-Haut sa chair humble et soumise,
    Vient s'offrir au couteau sacré.

II

Coule, coule, sang adorable
Que, pour sauver l'homme coupable,
Un Enfant-Dieu verse en ce jour,
Car je vois, dans ce sanctuaire,
Comme un degré vers le Calvaire,
Un premier pas de son amour.

Un jour, hélas ! ces lèvres roses,
Fraîches comme les fleurs écloses
Sous un souffle riant du Ciel,
Livides et décolorées,
D'une horrible soif altérées,
Auront pour breuvage du fiel.

Un jour, cette tête enfantine,
Où brille une grâce divine,
Sous les épines souffrira ;
Ce sang qui par gouttes s'écoule,
Un jour sous les yeux de la foule
A flots pressés s'épanchera !

La pauvre mère dans son âme,
D'un glaive acéré sent la lame
Qui la pénètre de douleur.
Mais, sans exhaler une plainte,
Aux pieds de la volonté sainte
Elle vient immoler son cœur.

III

De tristesse et d'amour ineffable mélange !
Adorant du Très-Haut l'arrêt mystérieux,
La Vierge se souvient de ce jour où l'Archange
    La salua Reine des Cieux :
Elle sait que l'enfant qui d'elle vient de naître
      Sera le Sauveur et le maître
      Des mortels qu'il vient racheter ;
Qu'il puisera sa gloire au sein de la souffrance ;
Que le nom de Jésus, emblème d'espérance,
      Sera le nom qu'il va porter.

Nom qui doit arrêter la foule étincelante
Prête à fendre les airs de son trait enflammé ;
Nom terrible et vengeur qui frappe d'épouvante
    L'Enfer confus et désarmé ;
Nom sacré, tout rempli de puissance et de charmes,
      Qui fait couler de douces larmes
      Comme un hymne mélodieux ;
Nom sublime et vainqueur, lumineux météore,
Parcourant l'univers du couchant à l'aurore,
      Pour guider l'homme vers les Cieux.

XVII

LES MAGES.

*Magi ab Oriente venerunt Jerosolymam...
Et ecce stella quam viderant antecedebat eos
usquè dùm veniens staret suprà ubì erat
puer...... Et intrantes domum, invenerunt
puerum cùm Marià matre ejus : et prociden-
tes, adoraverunt eum, et apertis thesauris
suis, obtulerunt ei munera, aurum, thus et
myrrham.*

Des Mages vinrent d'Orient à Jérusalem...
Et voici que l'étoile qu'ils avaient vue allait
devant eux, jusqu'à ce qu'étant arrivée sur
le lieu où était l'enfant, elle s'y arrêta....
Et entrant dans la maison, ils trouvèrent
l'enfant avec Marie, sa mère, et se proster-
nant, ils l'adorèrent : puis, ouvrant leurs
trésors, ils lui offrirent pour présents de
l'or, de l'encens et de la myrrhe (Evang.
selon saint Mathieu, ch. ii, v. v. 1, 9 et 11).

I

Balaam, si ton ombre à la tombe ravie
Pouvait pour un instant revenir à la vie
Et contempler encor l'horizon radieux,
Tu verrais, comme au jour où du sang des victimes
Ta main du vieux Phégor souillait les hautes cimes,
L'étoile de Jacob se lever dans les Cieux.

Plus belle qu'au moment où sa douce lumière
Refoula pour jamais ton infâme prière
Dans les replis honteux de ton cœur sans amour,
Elle brille aux regards des sages de Chaldée
Et dirige leurs pas vers la sainte Judée,
Comme aux lieux où bientôt reparaîtra le jour.

Ils savaient comme toi, qu'après de longs désastres,
Une étoile devait, par-dessus tous les astres,
Aux yeux de l'univers briller dans le Ciel pur :
Et voilà qu'aujourd'hui, couronnant leur attente,
Elle répand à flots sa lumière éclatante
Dans les champs infinis de la voûte d'azur.

II

Brille dans l'ombre et le mystère,
Phare que Dieu donne à la terre
Pour éclairer ses longues nuits !
Posant le sceptre et la couronne,
Les Mages ont laissé leur trône
Pour te suivre où tu les conduis.

Déjà, dans leur course obstinée,
Au sein de Solime étonnée
Ils cherchent, sans le rencontrer,
L'Enfant-Roi que la Prophétie
Annonçait comme le Messie,
Pour le servir et l'adorer.

Mais ta lumière sainte et pure,
Au milieu de la nuit obscure,
Poursuit sa course dans les airs,
Jusqu'à l'humble et modeste asile
Où le soleil de l'Evangile
Vient de briller sur l'univers.

III

Tu t'arrêtes enfin sur une pauvre étable ;
C'est là que le Sauveur, mystère impénétrable,
Dans un réduit obscur cache sa majesté.
Ta crèche, ô Bethléem, est la couche adorable
     Où repose sa pauvreté.

Mais pour l'Enfant sacré cette couche divine
Est l'autel où déjà l'humanité s'incline.
Les Bergers et les Rois y viennent tour à tour
Réchauffer l'espérance éclose en leur poitrine
     Au foyer du divin amour.

Jusque sur l'humble seuil de l'enceinte sacrée
Les Mages ont courbé leur tête vénérée,
La crainte et le respect dominent tous leurs sens ;
Ils viennent, à genoux, au Dieu de la Judée
     Offrir l'or, là myrrhe et l'encens.

Premier don de l'amour, hommage symbolique !
Des puissants de la terre offrande magnifique,
Gage saint et sacré que leur naissante foi
Dépose avec ferveur sous le chaume rustique,
     Près du berceau de l'Enfant-Roi !

Et lui, souriant d'aise à cette vie amère,
N'ayant pour vêtements que les bras de sa mère,
Il jette un doux regard à ses adorateurs,
Comme au jour où dans l'air un sillon de lumière
     A ses pieds guida les pasteurs.

4*

IV

Réjouis-toi, Vierge très pure,
Car désormais l'étable obscure
Où ton enfant reçut le jour
Va devenir, dans la nuit sombre,
Le centre où des peuples sans nombre
Viendront pour s'embraser d'amour.

Réjouis-toi, car le vieux monde
A la virginité féconde
Va dresser partout des autels,
Où, pour célébrer tes louanges,
Eloïm enverra ses Anges
Chanter leurs hymnes immortels.

Lorsque, après une longue attente,
Moïse enfin gravit la pente
Du Sinaï mystérieux,
Ce ne fut qu'à son plus haut faîte
Que dans l'orage et la tempête
Il contempla le Roi des Cieux.

Mais, plus heureux dans cette enceinte,
Guidés par leur étoile sainte,
Les Rois-Mages ont pu venir,
Dans le calme de la nature,
Près de toi, mère sans souillure,
Le contempler et le bénir.

Nous aussi, guidés par l'étoile
Dont la lumière se dévoile
A nos yeux trop long-temps fermés,

Nous venons comme eux, ô Marie,
Baigner aux sources de la vie
Nos cœurs par l'amour enflammés.

Puissions-nous, dans ce sanctuaire,
Déposer le triste suaire
De nos erreurs et de nos maux
Dans la prière et le silence,
Et soulever, pleins d'espérance,
Le couvercle de nos tombeaux !

Puissions-nous toujours, sans relâche,
A ta virginité sans tache
Entonner l'hymne solennel
Que chantaient hier dans les nues
Des voix à la terre inconnues,
Quand ton fils descendit du Ciel !

XVIII

LA PURIFICATION.

Et postquàm impleti sunt dies purgatio-
nis ejus secundum legem Moysi, tulerunt
illum in Jerusalem, ut sisterent eum Do-
mino.

Et le temps de la purification de Marie
étant accompli, selon la loi de Moïse, ils le
portèrent à Jérusalem, pour le présenter
au Seigneur (Evang. selon saint Luc, chap.
II, v. 22).

I

Qu'est devenu le temps où l'hosannah des Anges
Chantait le Dieu sauveur enveloppé de langes,
Où près du saint berceau, premiers adorateurs,
L'étoile de la nuit conduisait les pasteurs ?
Hélas ! elle est bien loin cette heure fortunée
Où, de tant de grandeurs Bethléem étonnée,
Aux pieds du nouveau-né vit des princes puissants
Répandre à deux genoux l'or, la myrrhe et l'encens.
Tout est calme aujourd'hui ; l'étable est solitaire,
Bethléem a peut-être oublié ce mystère
Et, de ses plus beaux jours perdant le souvenir,
Renié son passé comme son avenir.

II

Fuis donc cette obscure retraite,
Pauvre mère du Roi des Cieux,
N'entends-tu pas la voix secrète
Qui t'appelle vers d'autres lieux ?

Partout encor, sur ton passage,
La pauvreté, votre partage,
Vous attendra comme aujourd'hui :
Mais ton fils, le Verbe adorable,
Pourra du moins, loin de l'étable,
Trouver des cœurs dignes de lui.

Là-bas, sur la montagne sainte
Où tu naquis toi-même un jour,
Nazareth ouvre son enceinte
Au chaste fruit de ton amour.
Viens avec nous, pieuse mère ;
De ce berceau plein de mystère
Laisse-nous porter le trésor,
Comme jadis on vit Moïse
Guider vers la terre promise
L'Arche sainte et ses tables d'or.

III

— Oh ! non, je ne puis y paraître
Avant d'acquitter au grand-prêtre
Le tribut qu'exige la loi.
Le Dieu descendu sur la terre
Appartient bien moins à sa mère
Qu'au Ciel dont il est né le Roi.
Mère d'ailleurs, cette loi sainte
Loin du temple m'exile encor,
Jusqu'au jour où dans son enceinte
Je pourrai prendre mon essor. —

— Mais à la terre désolée
Souviens-toi, Mère immaculée,
Que ton fils porte le salut.

Les Anges chantent son enfance,
Ce n'est pas à ton innocence
Que Dieu réclame le tribut.
Toi, sa Mère, toi vierge encore
Qu'il protége de son amour,
Vers le temple où le peuple adore
Tu peux donc voler dès ce jour. —

IV

Il faut que la femme rachète
De ses enfants le premier-né :
Marie acquittera la dette,
L'holocauste sera donné.
Et telle qu'une mère obscure,
Loin du temple elle se tiendra :
Puis, quand la loi l'appellera
Devant le prêtre, elle si pure !
Comme atteinte d'une souillure,
Humble et modeste elle viendra.

Relève enfin ton front coupable,
Jérusalem, voici ton Dieu ;
Devant la victime adorable
Ouvre les portes du saint lieu.
Entends-tu la voix du Prophète
Retentir au fond de ton cœur ?
Voici l'heure de ta splendeur,
Revêts ta parure de fête,
L'Eternel couronne ta tête
De sa gloire et de sa grandeur.

V

La Mère de Jésus franchit le seuil du temple,
Et tout le Ciel ému la suit et la contemple,
Car, dans l'enfant sacré que sa foi vient offrir,
Les oracles divins déjà vont s'accomplir.
Les Prophètes ont dit : — Ne vantez plus la gloire
Du temple dont Sion a gardé la mémoire.
Encore quelques jours, et le temple nouveau,
Plein de joie et de paix, vous paraîtra plus beau :
Car le Seigneur viendra ; la voie est déjà prête,
Son ange est arrivé : du fond de sa retraite
Le voyez-vous venir, le saint dominateur,
L'Ange du Testament qu'appelle votre cœur ? —
C'est bien lui, le voilà : saint enfant de Marie,
Ce temple est donc à vous, vous en êtes l'hostie,
Et jamais il ne vit, sur son antique autel,
Paraître une victime aussi digne du Ciel.

Seigneur, Dieu de Jacob ! quel auguste mystère !
Quel sublime spectacle est offert à la terre !
Ton Christ est sur l'autel ; devant lui prosterné,
Le Pontife reçoit le don du premier-né :
C'est la colombe pure, image symbolique...
Puis, quand vient Siméon, l'extase prophétique
Lui révèle son Dieu sous les traits d'un enfant,
Et le vieillard entonne un hymne triomphant.

VI

La terre n'a rien que j'envie,
C'en est fait, Seigneur, désormais
Mon âme peut quitter la vie,
Elle ne perdra pas sa paix.

Aujourd'hui s'accomplit l'oracle,
Et dissipant leur longue erreur,
Au pied de votre tabernacle
Mes yeux contemplent mon Sauveur.

Sur tous les peuples il rayonne
Comme les astres dans le Ciel,
C'est la gloire, c'est la couronne,
C'est la lumière d'Israël.

VII

Siméon a fini. Le saint octogénaire
En bénissant Jésus bénit encor sa mère,
Il lui rend le dépôt que réclame l'amour ;
La Vierge a donc son fils ! elle l'a sans retour :
Elle peut maintenant regagner sa patrie.
Mais non... le vieillard pleure, il arrête Marie
Et lui dit, l'œil fixé dans l'avenir lointain :
— O Vierge ! cet enfant est pour le genre humain
Une source de vie, une cause de perte.
Pauvre mère, déjà je vois ton âme ouverte
Sous les coups que te porte un glaive de douleurs,
Et ton regard aimant se remplira de pleurs ! —
Marie était heureuse, elle devient martyre.
Ses larmes ont coulé... calme elle se retire,
Et, gardant dans son cœur son pénible secret.
Retourne avec Joseph au toit de Nazareth.

XIX

LA FUITE EN ÉGYPTE.

*Surge, et accipe puerum et matrem ejus,
et fuge in Ægyptum ; et esto ubi dùm dicam
tibi.*

Levez-vous, prenez l'enfant et sa mère,
fuyez en Egypte, et demeurez-y jusqu'à ce
que je vous dise d'en partir (Evang. selon
saint Mathieu, chap. ii, v. 13).

I

Les époux revenus de leur course lointaine
Savouraient du bonheur la coupe toute pleine,
Environnant d'égards et de leurs soins pieux
L'enfant qu'à leur amour avaient prêté les Cieux.

Leur foi dans l'atelier trouvait un sanctuaire
Où l'adoration mêlée à la prière
Enrichissait leur cœur des plus belles vertus.
Ils ne vivaient tous deux que pour aimer Jésus.

La mère offrait son lait, salutaire breuvage,
A celui qui nourrit les oiseaux de la plage;
Du produit des travaux qui remplissaient le jour,
Joseph alimentait l'objet de son amour.

Ils n'avaient que le pain que la sueur achète;
Mais, auprès du trésor que cachait leur retraite,
Devant le saint berceau qu'elle avait abrité,
Quels biens eussent jamais valu leur pauvreté!

Vous étiez trop heureux, ô Joseph ! ô Marie !
A sa future croix Jésus vous associe ;
Vous en sentez déjà les premières rigueurs
Sous le glaive ennemi de vos persécuteurs.

Pour trouver l'Enfant-Roi, seul objet de leurs crimes,
Ils vont noyer Juda dans le sang des victimes :
Leur cœur est sans pitié... Dans ce fer inhumain
Hérode leur a mis ses fureurs à la main.

Que crains-tu, roi cruel ?... Ah ! le Dieu qui les donne
Ne veut pas te ravir ton sceptre et ta couronne !
Les ignobles degrés de ton trône boueux
Ne sont pas assez purs pour l'héritier des Cieux.

Sois content, le sang coule, et ton peuple séide
Commence dès ce jour l'œuvre du déicide.
Ecoute dans Rama la plaintive Rachel
Qui fait monter ses pleurs et ses cris vers le Ciel.

Ses fils lui sont ravis, la paix n'est plus pour elle,
Ta rage a desséché sa féconde mamelle....
Mais le Dieu de Jacob, au sortir du berceau,
Reçoit ces Anges purs qui précèdent l'Agneau.

Semblable au vent qui brise une rose fleurie,
La mort vient de briser sur le seuil de la vie
Tous ces jeunes martyrs, dont ton glaive inhumain
Comme de feuilles d'arbre a jonché le chemin.

II

Pendant que Bethléem est ainsi désolée,
Le fer n'a pas encore atteint la Galilée ;
Le calme y règne au loin. Les mères sans soupçons
Couvrent de leur amour leurs tendres nourrissons.
Mais bientôt, une nuit, nuit cruelle et de larmes !
Où Joseph sommeillait sans crainte et sans alarmes,
Un Ange tout-à-coup est descendu des Cieux.
— Prends la mère et l'enfant, lui dit-il, fuis ces lieux :
La mort poursuit Jésus, mets à l'abri sa vie
Jusqu'au jour où ma voix rouvrira ta patrie. —

Les époux de nouveau traversent les tribus,
Vastes pays deux fois naguère parcourus ;
Mais pour eux maintenant le poids de l'indigence,
Hélas ! s'est aggravé d'exil et de souffrance.
Les voyez-vous passer dans ce désert sans fin,
Où Jacob quarante ans vécut en pèlerin ?
Quel contraste ! Autrefois dans cette plaine immense
Tout du Dieu de Moïse annonçait la présence :
La mer ouvrait son sein, les monts jetaient des feux ;
Israël recueillait un pain miraculeux ;
A la voix du Seigneur la roche était docile.
Maintenant le désert reste calme et tranquille !
Et pourtant c'est toujours le Dieu du Sinaï ;
Mais sous notre humble chair son amour l'a trahi.
Enfant, poursuis ta course où l'Ange te dirige :
L'Egypte redevient la terre du prodige,
Et ses peuples, courbés sous le joug des enfers,
Bientôt, grâces à toi, pourront briser leurs fers.

III

Le désert s'est enfui. La famille proscrite
Du sol des Pharaons a franchi la limite,
Et tout tremble aussitôt sous les pas de l'enfant.
Dans ses temples fameux jusqu'alors triomphant;
Satan voit s'écrouler ses impures idoles,
Et Memnon a perdu ses magiques paroles.
Ainsi, lorsqu'autrefois le Philistin vainqueur
Devant l'impur Dagon mit l'Arche du Seigneur,
S'écroulant pour toujours, cette profane image
Au Dieu de vérité deux fois rendit hommage.

Terre des Pharaons! si du moins cette fois
Tu savais pressentir l'enfant que tu reçois,
Enfant béni du Ciel, quoique le Ciel l'exile,
La mère qui pour lui te demande un asile!
Tu voudrais qu'en ton sein ils vécussent toujours ;
Tu verrais naître ainsi l'ère de tes beaux jours!

IV

L'exil est commencé : dans les bras de sa mère
L'Emmanuel est donc sur la terre étrangère.
Pour long-temps s'ouvre-t-elle aux hôtes malheureux?
Le Ciel doit-il ici se montrer rigoureux,
Ou l'Ange d'autrefois, sur la terre ennemie,
Suivra-t-il cet enfant comme un autre Tobie?
L'Evangile se tait... Toi seule, tu pourrais,
Vierge, de ton exil révéler les secrets,

Nous dire les vertus de ces longues journées
Dont l'Egypte put voir se former des années.
Ces mystères pour nous sont un livre fermé.
Mais ce que nous savons, c'est que déjà formé
Sur l'exemple du Dieu, ton unique modèle,
Ton cœur toujours aimant lui demeura fidèle,
Et que près de ton fils condamnée à souffrir,
Au temple ou dans l'exil tu ne sus qu'obéir.

———

XX

LE RETOUR D'ÉGYPTE.

*Surge, et accipe puerum et matrem ejus,
et vade in terram Israel.*

Levez-vous, prenez l'enfant et sa mère,
et retournez dans la terre d'Israël (Evang.
selon saint Mathieu, chap. ii, v. 20).

I

Aux plages de Memphis, l'héroïque Marie
Du fond de son exil songeait à la patrie :
Sion et ses autels, le toit de ses aïeux,
A chaque instant du jour passaient devant ses yeux.
Mais le désert brûlant, de son linceul de sable
Déroulait à ses pieds l'abîme infranchissable,
Dont le simoun en feu dans ses flots dévorants
Balayait devant lui les atômes errants.

Que de fois, en voyant passer les caravanes
Qui se perdaient au loin dans les vertes savanes,
Dans les bois d'aloès, de myrte et de nopal,
L'humble Vierge songeait à son pays natal,
Et, telle que l'oiseau qui sent croître son aile,
Sur le vaste horizon reposait sa prunelle !
Les pleurs de son exil devenaient plus amers
Lorsque la Galilée assise entre deux mers,
Ses vallons embaumés, ses fertiles campagnes,
Comme un ruban de fleurs au milieu des montagnes,
Jetaient incessamment dans son cœur affaissé
Le souvenir cruel de son bonheur passé.

5

Semblable aux exilés qui, dans ces temps barbares,
En quittant la patrie emportaient leurs dieux lares,
Elle avait elle-même apporté dans ce lieu
Tout ce qu'elle adorait, son enfant et son Dieu.
Mais sur les bords du Nil la frêle créature
Des rigueurs de la faim subissait la torture,
Et dans son désespoir, la Mère des douleurs
A ses vagissements répondait par des pleurs.

Des secrets éternels mystère impénétrable !
Le Dieu de l'univers était né dans l'étable,
Et proscrit maintenant, sublime pauvreté !
Cachait sous des haillons sa chaste nudité !

II

Mais le ciel est enfin content du sacrifice...
Voici, voici sonner l'heure de la justice ;
O fille de David, Vierge, console-toi !
Que la paix rentre encor dans ton âme oppressée :
Hérode est descendu dans la tombe glacée,
   Et la Judée attend son Roi.

C'est ton fils : devant vous l'avenir se dévoile...
Ne vois-tu pas aux Cieux briller la blanche étoile
Qui naguère guida les bergers près de lui ?
Salue avec bonheur l'auguste messagère ;
Elle vous conduisit sur la terre étrangère,
   Elle vous ramène aujourd'hui.

N'entends-tu pas la voix qui vous montre la route ?
L'Ange est redescendu de la céleste voûte,
Il a dit à Joseph : — Prends la mère et son fils,
Tu n'as plus de dangers à craindre pour sa vie,
Partez, le Ciel vous rouvre encore la patrie,
      Quittez les plages de Memphis. —

Allez, saints voyageurs, traversez les ténèbres,
Il n'en est pas pour vous. De ses voiles funèbres
La nuit recouvre en vain la plaine et les hauteurs,
Car vous suivrez toujours le sillon de lumière
Que trace dans le deuil de la nature entière
      L'étoile aux rayons protecteurs.

Vos pieds foulent enfin la vieille Palestine ;
Nazareth vous reçoit sur sa haute colline,
Voilà ses verts palmiers qui montent jusqu'aux Cieux ;
Entrez sous l'humble toit qu'habita votre enfance,
Et dont, malgré l'exil, vos cœurs pleins d'espérance
      Gardaient le souvenir pieux.

III

De rejoindre aussi ma patrie
Mon âme a conservé l'espoir.
Puissé-je comme toi, Marie,
Voir enfin la rive fleurie
Où je voudrais aller m'asseoir !

La vie, hélas ! est pleine d'ombre,
Du premier jour jusqu'au tombeau :
C'est une mer où ma nef sombre ;
Pour me guider dans la nuit sombre,
Je n'ai que la foi pour flambeau.

Vierge sainte, Mère exilée,
Tant que je suis dans le danger,
Envoie à mon âme troublée
Cette étoile à demi-voilée
Qui sait conduire et protéger.

Je suivrai sa douce lumière
Toujours brillante dans l'azur ;
Et quand viendra l'heure dernière,
Sur les ailes de la prière
Je pourrai fuir dans le Ciel pur.

Si de ses passions captive
Mon âme voulait s'écarter
Du port de sa foi primitive,
Ramène-la, Vierge, à la rive
Qu'elle n'aurait pas dû quitter.

A l'ennemi qui me menace,
Reine du Ciel, dérobe-moi !
Et quand je verrai face à face
Ton divin fils, fais qu'une place
Me soit gardée auprès de toi !

XXI

MARIE AU CALVAIRE.

Ne vocetis me Noemi, id est pulchram ; sed vocate me Mariam, id est amaram, quià amaretudine valdè replevit me Omnipotens.

Ne me nommez plus Noémi, c'est-à-dire belle ; mais appelez-moi Marie, c'est-à-dire affligée , parce que le Tout-Puissant m'a remplie de grandes afflictions (Ruth, I, v. 20).

I

Celui qui d'un regard, sur les vastes rivages,
Compte les grains de sable entassés par les âges
Et sonde jusqu'au fond les abîmes des mers,
Seul peut compter aussi les douleurs de Marie,
Et nous dire combien dans le cours de sa vie
    Il fit entrer de jours amers.

Tes larmes ont coulé ; tes sanglots, mère tendre,
Des bourreaux de ton fils n'ont pu se faire entendre ;
Leur aveugle fureur reste sourde à ta voix !...
Mais viens, suis jusqu'au bout l'innocente victime ;
Jésus ne veut livrer qu'à ta douleur sublime
    Son dernier soupir sur la croix !

Rappelle-toi qu'un jour Siméon dans ton âme
Laissa tomber un mot, dont la brûlante flamme
Te révélait le deuil d'un sinistre avenir.

Les temps sont écoulés, et le mot du Prophète
Retentit plus sinistre au-dessus de ta tête ;
      C'est l'heure de t'en souvenir !

La colère des Juifs contre ton fils se lève :
Dans leurs sanglantes mains, Vierge, vois-tu ce glaive?
C'est le glaive promis, le glaive des douleurs ;
Aux brasiers de l'enfer ils ont trempé sa lame...
De ton cœur à ton front la populace infâme
      Fait encor remonter les pleurs.

II

Le Christ est couronné de sanglantes épines !
Les clous percent ses pieds, percent ses mains divines !
On entend retentir les coups des lourds marteaux ;
Et le sang échappé de sa veine épuisée
Macule incessamment sa chair toute brisée
      Sous la main des bourreaux.

Marie est là, debout.... Quelle angoisse cruelle !
Quels tourments inouis pour l'âme maternelle !
Dieu seul a pu sonder cet abîme sans fond.....
Chaque coup réveillant les échos du Calvaire,
En tombant sur Jésus, trouve au cœur de sa mère
      Un écho qui répond.

Digne sang d'Abraham, mille fois plus sublime !
Elle est là sur l'autel, auprès de la victime,
S'offrant en holocauste aux volontés du Ciel.
Arrosant de ses pleurs le bois du sacrifice,
Comme son divin fils elle boit le calice
      De vinaigre et de fiel.

III

Qui de nous n'a pas vu, les yeux noyés de larmes,
Flottant entre l'espoir et les noires alarmes,
Une mère veillant son fils près de mourir ?
Mourante comme lui, sur sa couche penchée,
Elle est là, par la crainte et l'amour attachée,
Immobile et sans voix, comptant chaque soupir.

Puis quand vient le dernier, tout son cœur se déchire,
Sa tête se confond dans un affreux délire ;
La main de son amie en vain presse sa main :
Le deuil forme autour d'elle un ténébreux nuage,
Son regard n'entrevoit qu'une funèbre image,
Toute parole humaine est pour elle un son vain.

Si le Ciel déposa dans le cœur de nos mères
Tout ce trésor de deuil et d'angoisses amères
Pour pleurer sur la mort du fruit de leur amour,
Sainte Mère du Christ, ô Vierge ! âme si tendre,
Qui nous dira jamais et qui pourrait comprendre
Tes angoisses, tes pleurs dans ce suprême jour !

Jour terrible où ton fils, sur l'arbre d'infamie
Aux fureurs des bourreaux abandonnant sa vie ,
Consentit à mourir sous ton regard aimant !
Jour funèbre et cruel, marqué par la souffrance,
Où son dernier soupir, comme un orage immense,
Des voiles de la nuit couvrit le firmament !

Qui ne l'entendit pas dans la nature entière
Ce soupir de Jésus à son heure dernière ,
Ce cri qui sur sa base ébranla l'univers ?

Le rocher l'entendit; les échos de Solime
Le jetèrent au loin, roulant de cime en cime,
Le Liban le redit à la vague des mers.

Le soleil, arrêtant sa course dans l'espace,
Le répéta lui-même au nuage qui passe,
Et dans leurs froids tombeaux les morts, se soulevant,
L'écoutèrent gémir au-dessus de leur tête,
Comme le bruit lointain d'une vaste tempête
Transporté dans les airs sur les ailes du vent.

Tu l'entendis aussi ce long cri de détresse,
Vierge sainte, océan d'amour et de tristesse,
Que ne peut mesurer aucun regard humain!
Et, baignant de tes pleurs la croix des gémonies,
Tu sentis redoubler les douleurs infinies
Qu'entrevit Siméon sur ton triste chemin.

Mais ce n'est pas assez de meurtre et de carnage :
La horde des bourreaux, dans l'excès de sa rage,
Demande à l'Homme-Dieu le dernier de son sang.
Tu l'auras, Juif cruel; poursuis donc ta vengeance;
Approche de Jésus, approche, et que ta lance
Vienne d'un nouveau coup lui transpercer le flanc.

L'âme du Rédempteur a quitté sa demeure :
La victime a souffert jusqu'à sa dernière heure,
Et tout est consommé sur le sanglant autel :
Mais frappe, frappe encor, c'est l'âme de Marie
Qui recevra le coup de cette lance impie,
Plonge-la sans pitié dans son cœur maternel.

IV

Sublimes leçons du Calvaire !
Tous les maîtres sont superflus,
Et toute bouche doit se taire
Devant Marie et son Jésus.
L'impie en sa douleur blasphème
Et croit qu'un funeste anathème
A jamais frappa son berceau.
Dans son triste pèlerinage,
Il ne voit au Ciel que l'orage
Et sous ses pieds que le tombeau.

Pourquoi cette pensée amère,
O trop infortuné mortel ?
Pourquoi maudire ta misère ?
Pourquoi dans ton cœur tant de fiel ?
Contemple donc sur cette cime
L'holocauste saint et sublime
Par Marie et Jésus offert....
Ces deux noms parmi tes ruines
Seront comme deux fleurs divines
Qui parfumeront ton désert.

O toi qui d'une avide lèvre
Presses la coupe du plaisir,
Sans calmer la brûlante fièvre
D'un insatiable désir,
Monte au Calvaire avec Marie,
Brise ta coupe d'infamie,
Prends celle où Jésus but le fiel ;
Et, chaste comme à son aurore,
Ton cœur pourra goûter encore
Les douces voluptés du Ciel.

V

Pour pleurer avec toi, je veux, ô tendre Mère,
Gravir à tes côtés les pentes du Calvaire.
Que, vivant dans ma bouche et dans mon souvenir,
Ton nom pur et sacré se mêle à ma prière ;
Que ma lyre ait toujours un chant pour te bénir !

Puissé-je en traversant cette triste vallée,
Au pied du Golgotha comme d'un mausolée
Avec toi chaque jour venir verser des pleurs,
Et n'oublier jamais que mon âme exilée
Doit jeter vers la croix le cri de ses douleurs.

XXII

MARIE AU TOMBEAU DE JÉSUS.

*Et depositum involvit sindone, et posuit
eum in monumento exciso.*

Et l'ayant descendu de la croix, il l'enve-
loppa d'un linceul et le mit dans un sépulcre taillé dans le roc (Evang. selon saint
Luc, chap. xxiii, v. 53).

Afin que sa parole en tout point s'accomplisse,
Jésus jusqu'à la lie a bu l'amer calice ;
Sa voix n'appelle plus son père bien-aimé,
La mort a pris sa proie et tout est consommé !...
La nature aussitôt, par la terreur frappée,
D'un deuil universel se montre enveloppée ;
Le soleil s'obscurcit, les airs, la terre et l'eau
D'un chaos effrayant présentent le tableau.
Par l'ordre de celui qui dans les Cieux réside ,
Tout maudit à jamais le peuple déicide ;
Il sera sans patrie, et ses jours passeront
Sans que le sceau fatal s'efface de son front.

Cependant, à la fin du sacrilége drame,
Les bourreaux ont senti le remords dans leur âme,
Et la foule en sortant de ce funèbre lieu
Disait : — Cet homme était vraiment le fils de Dieu. —
C'est ainsi que souvent jaillit involontaire
Un cri de vérité pour instruire la terre,
Et que l'Eternel veut, dans ses secrets desseins,
Qu'il s'élève bien haut des plus coupables seins.

Cette croix, jusqu'alors objet d'ignominie,
Où le crime exhalait sa hideuse agonie
Et, sourd au repentir dans ce dernier moment,
Ne subissait son sort, hélas ! qu'en blasphémant ;
Cette croix, le Sauveur, par son sang qui l'inonde,
L'a désormais sacrée et la rendra féconde,
Pour que l'homme ici-bas par la peine abattu
Puisse y trouver des fruits de force et de vertu.
Bientôt tous les faux dieux, d'or, de marbre ou d'argile,
Cèderont leurs autels au Dieu de l'Evangile,
En tombant mutilés de toute leur hauteur,
Sans trouver dans leur chute un seul adorateur.

Au pied de cette croix que déjà l'on révère,
Qui tend ses bras rougis au sommet du Calvaire,
La Vierge encor debout, les yeux voilés de pleurs,
Et le cœur tout brisé des plus vives douleurs
Dont elle boit aussi la coupe toute pleine,
Mourante dans les bras que lui tend Madeleine,
Dans les bras de saint Jean que le Christ a nommé
Parmi ceux qu'il chérit son enfant bien-aimé,
Offre dans tout son être en proie à la torture
Un deuil qui fait pâlir celui de la nature,
Un tableau déchirant, où l'on voit tour-à-tour
Sa douleur, ses regrets, son espoir, son amour.
Mais, sensible aux malheurs qui l'ont anéantie,
Voici venir bientôt Joseph d'Arimathie
Qui, montant à la croix, en détache tremblant
Le corps du Rédempteur, livide, tout sanglant,
En mêlant à son tour quelques larmes amères
A celles que répand la plus tendre des mères.

Marie, avec transport, sur son sein maternel
Presse son fils chéri, le fils de l'Eternel !...
Dans cet embrassement l'Esprit-Saint fortifie
Son être qui semblait presque privé de vie ;

Elle étanche sans cesse avec un soin jaloux
Ce sang pur répandu sous la lance et les clous :
Avec ses doigts crispés, de cette tête blême
Elle voudrait ôter l'insultant diadême,
Et sous d'ardents baisers effacer de ce front
Les stigmates sanglants d'un sacrilége affront.

Après ces vifs élans de regrets, de tendresse,
Auxquels s'associait la grande pécheresse,
Jean, qui doit être un jour l'inspiré de Pathmos,
S'avance vers Marie et lui parle en ces mots ;
— O vous que le malheur sur cette terre attache,
Vierge et mère de Dieu, qui naquîtes sans tache,
Vous à qui le Seigneur, en mourant sur la croix,
A dit, les yeux baissés et d'une faible voix :
— Femme, voilà ton fils ; — puis à moi qui l'adore :
— Enfant, voilà ta mère, aime-la plus encore ; —
Eh bien ! mère, il le faut, oh ! ne résistez plus,
Car vos pleurs, vos regrets, vos cris sont superflus,
Laissez-nous emporter l'enfant d'un saint mystère,
Il faut le confier pour trois jours à la terre ;
Vous avez sa promesse, ah ! chassez tout émoi,
Vous le verrez vivant dans trois jours, comme moi. —

A ces tendres accents que murmure près d'elle,
Comme un écho divin, le disciple fidèle,
Marie est résignée ; et, ferme dans sa foi,
D'un pas lent elle suit le funèbre convoi.
Joseph d'Arimathie au Rédempteur du monde
A creusé dans le roc une tombe profonde ;
Aidé de Madeleine et de Jean, sous les yeux
Des gardes du grand-prêtre et d'un peuple odieux
Toujours plus effrayé de l'horreur de son crime,
Il y place avec soin l'innocente victime ;

Puis d'un bloc de granit taillé par le ciseau,
Il la ferme, et de Rome on y pose le sceau ;
Le sceau de son Prêteur, de ce lâche Pilate
Qui craint la multitude et bassement la flatte,
De celui qui, cédant à des cris inhumains
Crut laver son opprobre en se lavant les mains !...

O toi qui resplendis d'une gloire sereine,
Toi que les nations reconnaissent pour reine,
Rome, foyer ardent des lettres et des arts
Qu'activent sans repos tes consuls, tes Césars,
O toi qui proscrivis dès sa plus tendre enfance
Le Messie inconnu, sans force et sans défense,
Toi qui lui fis subir le supplice infamant
Qui des plus noirs forfaits était le châtiment,
Bientôt viendra le jour où sur ton Capitole
Brillera cette croix, humble et sacré symbole,
Aux peuples abrutis sous ton joug détesté
Apportant le salut avec la liberté !...
Bientôt tes empereurs que la force couronne
Aux apôtres du Christ devront laisser leur trône...
Quel prodige inoui !... Quel bonheur que le tien,
Rome, de commander à l'univers chrétien !...

Cependant, seule enfin et toujours désolée,
A genoux, s'appuyant à l'humble mausolée
Qui renferme son fils, son seul bien, son trésor,
Marie à sa douleur donne un plus libre essor.
— Fils de Dieu, mon enfant, Esprit-Saint et Dieu même,
Mon Créateur, ô toi que j'adore et que j'aime,
Dit-elle en abaissant sur la pierre ses yeux
Et les levant ensuite avec foi vers les Cieux,
Toi qui par une voix empreinte d'harmonie
M'as dit quand je priais : — Vierge, soyez bénie ! —

Seigneur, après ces mots de l'Ange Gabriel,
Devais-je voir s'emplir mon calice de fiel,
Et du divin Enfant qu'ont porté mes entrailles
Devais-je suivre, hélas ! les tristes funérailles ?...
Avant qu'à mes regards parût ce dernier jour,
Que ne m'as-tu ravie au terrestre séjour !
Mais que dis-je ?... En pitié prends ma peine profonde ;
A tes décrets puissants qui régissent le monde,
Oui, dussé-je ici-bas ne te revoir jamais,
Si je te vois au Ciel, mon Dieu, je me soumets !
Ce n'est donc plus pour moi, faible et brisée encore,
Non, c'est pour l'univers que mon âme t'implore ;
De ton sang, par les mains des bourreaux répandu,
Réclame à l'Eternel tout le prix qui t'est dû,
O mon fils, et bientôt, comme autrefois les Mages,
La terre t'offrira des présents, des hommages,
Des chants d'amour pieux, des cris reconnaissants,
Qui vers toi monteront avec un pur encens !...
Mais d'où vient tout-à-coup cette divine flamme
Qui, jetant ses clartés sur mes yeux, dans mon âme,
Dévoilant les secrets de ta sainte Sion,
Me montre l'avenir comme une vision ?
Je vois dans l'Occident une belle contrée
Qui par ta loi d'amour sera régénérée ;
C'est la Gaule arrachant et brisant de ses mains
Le joug que sur son front avaient mis les Romains ;
Je la vois secouer les plus honteux servages,
Libre au pied de ses monts comme sur ses rivages,
Pareille au roi des airs, puissante je la vois
De tout peuple rival faire taire la voix,
Prendre après tant de maux et de dure souffrance
Un nom que j'aimerai, le nom si beau de France !..
Reniant ses faux dieux, images des mortels,
Elle t'élèvera des temples, des autels ;
Je vois un de ses rois que ton esprit inspire
Quitter tout sans regret, femme, enfant, trône, empire,
Accourir en ces lieux témoins de mon malheur,

Suivi de ses guerriers qu'enflamme sa valeur,
Combattre sous la croix qu'à tous il a donnée,
Pour conquérir, mon fils, ta tombe profanée,
Succomber sous un mal qui brise les plus forts,
Puis recevoir au Ciel le prix de ses efforts !
Ah ! que dans tous les temps ta bonté paternelle
Sur cette nation s'étende comme une aile ;
Adopte-la parmi ces peuples si nombreux,
Comme autrefois ton père adopta les Hébreux ;
De la foi fais briller l'éclatante lumière
Du palais de ses rois jusqu'à l'humble chaumière ;
Donne force et courage à ses nobles enfants,
Pour que de toute lutte ils sortent triomphants ;
Que toutes leurs cités aux ruches soient pareilles,
Que leur sol chaque année ait des moissons vermeilles;
Donne aussi ton secours et ta protection
A toute cette terre, à chaque nation.
Sur celle qui m'a fait cette douleur immense
Laisse même tomber ta pitié, ta clémence,
Car, lorsqu'elle eut commis son horrible forfait,
Elle ignorait encor le mal qu'elle avait fait.
Enfin, Seigneur, s'il faut qu'en ce monde je meure,
Daigne m'ouvrir bientôt la céleste demeure....
Mais quoi !... la vision qui brillait à mes yeux
Revient me dévoiler les profondeurs des Cieux !
J'entends de pures voix qui chantent des louanges,
Je crois apercevoir une légion d'Anges
Disant : — Voici pour vous, Mère, le plus beau jour :
Sur nos ailes montez dans le divin séjour !... —
Mon Dieu, dans ce moment pour moi si plein de charmes,
Mon cœur est consolé, je sens sécher mes larmes....
Je vais te voir enfin, ô sainte Trinité !...
Gloire à toi dans le temps et dans l'éternité !....

XXIII

LA RÉSURRECTION.

Et dicebant ad invicem : Quis revolvet no-
bis lapidem ab ostio monumenti ?

Elles disaient entre elles : Qui nous ôtera la
pierre de devant l'entrée du sépulcre (Evang.
selon saint Marc, chap. xvi, v. 3) ?

I

Oh ! non, ne pleure plus, Mère, voici l'aurore
Dont le chaste sourire aujourd'hui vient d'éclore
A l'horizon lointain, plus frais et plus vermeil ;
Aux ombres de la nuit la nature ravie
Est aussi belle encor de jeunesse et de vie
    Qu'à son premier réveil.

Aux lueurs du matin illuminant son faîte,
Le Golgotha lui-même a pris un air de fête,
Et le Gethsémani semble oublier son deuil,
Car, debout dans le Ciel, écoutant ta prière,
De ton fils bien-aimé les Anges de lumière
    Vont rouvrir le cercueil.

Le printemps rajeuni, de sa plus douce haleine
Caresse les palmiers répandus dans la plaine ;
Oh ! non ! ne pleure plus, tout renaît au bonheur,
Et l'aigle, s'élançant dans les champs de l'espace,
S'étonne de revoir le soleil face à face
    Dans toute sa splendeur.

N'apportez ni parfums, ni vaines bandelettes,
O filles de Sion ! la voix des saints Prophètes
Ne vibre-t-elle plus pour vous aux quatre vents ?
Sous l'aile de la mort, complétant sa victoire,
Le Christ doit aujourd'hui reparaître à la gloire,
   Au milieu des vivants.

Son corps que vous vouliez, sollicitude amère !
Entourer de vos soins sous les yeux de sa mère,
Après ce court sommeil va renaître plus beau ;
La mort voudrait en vain retenir sa victime,
L'Homme-Dieu va briser dans un effort sublime
   Les portes du tombeau.

Ecoutez retentir l'hosannah magnifique,
L'harmonieux écho de l'hymne séraphique
Que la voix des élus répète dans les Cieux :
Du réveil de l'Agneau premières sentinelles,
Les Anges dans les airs ont déployé leurs ailes
   Pour chanter avec eux.

Marie, à deux genoux, le front dans la poussière,
Exhale aussi tout bas l'hymne de sa prière :
Oh ! ne la troublez pas dans ce pieux devoir,
Car sa grande âme, en vain par la douleur brisée,
Se rouvre à l'espérance, ainsi qu'à la rosée
   S'ouvrent les fleurs du soir.

II

— J'ai senti se fermer l'abîme de mes larmes
   Dans mon cœur éperdu...
Il est donc vrai, mon fils, qu'à mes tendres alarmes
   Tu vas être rendu !

Les hommes n'ont pas su t'aimer et te connaître,
    Malgré tout ton amour,
Et cependant pour eux tu veux encor renaître
    Et mourir chaque jour.

Au lieu de se courber au vent de ta doctrine
    Et d'écouter ta voix,
Ils se sont fait un jeu de ta douleur divine
    Sur une infâme croix.

Insensés ! appelant l'injure et l'anathème
    Sur ton corps vénéré,
Ils osèrent, hélas ! d'un sanglant diadème
    Ceindre ton front sacré.

L'ironie en haillons jeta sur ton épaule
    La pourpre pour manteau,
Et plaça dans ta main, ridicule symbole,
    Un sceptre de roseau.

La foule, dans sa rage insolente et coupable,
    A conspué ton front :
De ses lâches soufflets ton visage adorable
    A dévoré l'affront.

De tes vils ennemis s'exagérant les haines
    Et l'aveugle fureur,
Un juge timoré t'a fait charger de chaînes
    Ainsi qu'un malfaiteur.

O souvenir amer dont je suis accablée !
    Sous le fouet des bourreaux
J'ai vu sans en mourir ta chair immaculée
    S'en aller en lambeaux.

Pendant ton agonie, et sur ta croix sanglante,
    Un soldat criminel
Présenta pour breuvage à ta lèvre brûlante
    Le vinaigre et le fiel.

Et, jusque dans la mort victime poursuivie
    Après tant de douleurs,
Ton flanc pur fut percé par une lance impie
    Sous mes yeux tout en pleurs.

Des crimes des humains la nature lassée
    Prit un voile de deuil...
Et maintenant, tu dors sur ta couche glacée,
    Dans la nuit du cercueil !

Reviens, reviens à nous, comme autrefois Lazare
    Lorsqu'il nous fut rendu,
Du lourd sommeil des morts dans le sépulcre avare
    Il dormait étendu.

Mais sa tombe bientôt, à ta parole amie,
    Se rouvrit au soleil,
Et Lazare, à nos yeux ressaisissant la vie,
    Sortit de son sommeil.

Lève-toi comme lui, car c'est moi qui t'appelle,
    Je t'implore à genoux ;
Ne sois pas insensible à ma voix maternelle,
    Reviens, reviens à nous.

Puissé-je, en étanchant le sang de tes blessures,
    Te serrer dans mes bras,
Sous ma lèvre effacer les empreintes impures
    Du baiser de Judas !

Je veux baigner de pleurs tes pieds, tes mains divines,
    Ton corps endolori,
Détacher de ton front la couronne d'épines
    Dont il est tout meurtri.

Des soufflets, des crachats qui souillèrent ta joue
    Sur ton triste chemin,
J'ai hâte d'effacer et l'outrage et la boue,
    Oh ! n'attends pas demain !

Car mon cœur ulcéré ne peut plus vivre encore
    De ton seul souvenir ;
Il n'entrevoit sans toi qu'une nuit sans aurore
    Au sein de l'avenir. —

III

Relève enfin ton front que la douleur altère,
O Vierge, calme-toi ; la grotte du Calvaire
Tremble une fois de plus sur ses vieux fondements ;
Le monde entier tressaille, et, dans sa tombe émue,
La dépouille du Christ s'agite et se remue
    A tes pieux accents.

O prodige ! la mort recule épouvantée,
Et, lâchant sa victime encore ensanglantée,
Elle aiguise sa faulx pour de nouveaux combats :
Les gardes à leur tour sont saisis d'épouvante,
Et vers Jérusalem leur cohorte tremblante
    Précipite ses pas.

Car Jésus, soulevant la pierre tumulaire,
Ecarte de ses mains les plis de son suaire
Et s'élance vers toi, radieux et vainqueur.
Unissez vos concerts pour célébrer sa gloire,
Cieux et terre, entonnez un hymne de victoire,
    D'amour et de bonheur.

XXIV

L'ASCENSION.

*Et Dominus quidem Jesus, postquàm lo-
cutus est eis, assumptus est in cœlum, et se-
det à dextris Dei.*

Le Seigneur Jésus, après leur avoir ainsi
parlé, s'éleva dans le Ciel, où il est assis à la
droite de Dieu (Evang. selon saint Marc, ch.
xvi, v. 19).

I

Depuis l'heure où le Christ, innocente victime,
En sortant du tombeau reparut sur la cime
      Du Golgotha sanglant,
Pendant quarante jours, de sa lumière pure
Le soleil est venu réchauffer la nature
      Sous son baiser brûlant.

La justice divine est enfin satisfaite !
Pour nous régénérer, le sang du Roi-Prophète
      A fécondé le sol.
L'homme est renouvelé dans sa prison d'argile ;
Et pour monter au Ciel, le Dieu de l'Evangile
      Va reprendre son vol.

Sion, voilà l'Agneau qu'immola ta furie,
Cette victime auguste à notre cœur chérie,
      Tu l'as revue encor !
Que son dernier passage à travers tes murailles
Puisse émouvoir au moins une fois tes entrailles
      Qu'agite le remord !

Mais tes crimes, hélas ! ont desséché ton âme ;
La foi voudrait en vain y rallumer sa flamme
       Eteinte pour toujours :
Aux yeux de l'univers, réprouvée et maudite,
Ta race doit errer insultée et proscrite
       Jusqu'à la fin des jours.

Sur les pas de Jésus referme ton enceinte,
Ne prête plus l'oreille à sa parole sainte
       Et garde ton erreur ;
Mais souviens-toi qu'un jour sa justice éternelle
Saura courber enfin ton front long-temps rebelle
       Et punir ta fureur.

O Mont des Oliviers, jardin de l'Idumée,
Ouvre tes frais bosquets où la rose embaumée
       S'épanouit aux yeux,
Car c'est de ton sommet auguste et solitaire
Que le Christ aujourd'hui veut monter vers son père,
       Dans les hauteurs des Cieux.

Salut, salut à vous, bois dont l'ombre bénie
Fut le premier témoin de sa lente agonie !
       Asile toujours cher
Où la nuit en silence écoutait sa prière,
Quand la lune argentait de sa blanche lumière
       Les ondes de la mer !

Palmiers de Jéricho, vous dont la haute tête
Oppose dans la nue aux coups de la tempête
       Son orgueilleux dédain,
Courbez-vous, courbez-vous, c'est le Sauveur qui passe ;
Que vos panaches verts s'inclinent dans l'espace,
       A l'horizon lointain.

Marie avec amour le suit et l'accompagne :
Tous deux sont arrivés sur la haute montagne,
    Des Apôtres suivis ; .
Et l'écho du Jourdain retentit de louanges,
Car le Dieu de Jacob vient d'envoyer ses Anges
    Au-devant de son Fils.

Et lui, prêt à quitter ce sol qu'il foule encore,
Sur la plaine et les monts que le soleil dévore
    Il promène ses yeux ;
Puis, jetant un regard ineffable à sa mère,
Comme le roi des airs qui regagne son aire,
    Il monte dans les Cieux.

II

O Vierge, environné de sa cour immortelle,
Ton Fils s'est élancé vers la voûte éternelle
Dont les secrets profonds pour toi sont dévoilés !
Les Apôtres en deuil jusqu'au sein de la nue
N'ont pu suivre son vol, et l'ont perdu de vue
    Aux parvis étoilés.

Mais plus heureuse qu'eux, des confins de la terre
Tu vois Jésus s'asseoir à la droite du Père,
Et sa main te bénit : sèche, sèche tes pleurs :
Triomphateur paisible au sein de sa victoire,
Il fallait que le Christ, pour entrer dans sa gloire,
    Passât par les douleurs.

6

Que ton chaste regard, au-dessus de nos fanges,
Contemple incessamment les célestes phalanges
A ses genoux sacrés se courbant dans l'azur,
Les élus du Seigneur, triomphante milice,
Baisant dans leur amour le bois du sacrifice
      Où coula son sang pur.

Laisse bondir ton cœur au fond de ta poitrine ;
Il est juste qu'enfin dans l'extase divine
Tu goûtes désormais la joie et le bonheur,
Et qu'ayant vu Jésus dans son ignominie,
Tu puisses contempler de sa gloire infinie
      La pompe et la grandeur.

Que ton front s'illumine aux feux de sa couronne !
Regarde, tu verras debout, devant son trône,
Les vierges, les martyrs, des palmes dans les mains,
Et les siècles venant, dans la suite des âges,
Apporter tour à tour à ses pieds les hommages
      Et l'amour des humains.

Pourquoi faut-il, hélas ! que dans cette vallée
De tristesse et de pleurs si long-temps exilée,
Pour quelques jours encor tu restes loin de lui !...
A l'Eglise orpheline, en mourant au Calvaire,
Jésus se souvenant qu'il a promis sa mère,
      La lui laisse aujourd'hui.

XXV

MARIE AU CÉNACLE.

Hi omnes erant perseverantes unanimiter in oratione cum mulieribus et Marid matre Jesu.....
Et factus est repentè de cœlo sonus tamquàm advenientis spiritûs vehementis.
Et apparuerunt illis dispertitæ linguæ tamquàm ignis, seditque suprà singulos eorum.
Et repleti sunt omnes Spiritu Sancto.

Ils persévéraient tous unauimement en prières, avec les saintes femmes et Marie, mère de Jésus.....
On entendit tout à coup un grand bruit, comme d'un vent impétueux qui venait du Ciel.
En même temps, ils virent paraître comme des langues de feu qui se partagèrent et s'arrêtèrent sur chacun d'eux.
Et ils furent tous remplis du Saint-Esprit (Actes des apôtres, chap. I, v. 14, et chap. II, vv. 2, 3 et 4.)

I

La mission du Christ était enfin remplie.....
Les Apôtres groupés à côté de Marie
      Partageaient sa douleur ;
Et, les environnant de toute sa tendresse,
On eût dit que la Vierge oubliait sa détresse
      Pour consoler la leur.

Descendant avec eux les hauteurs vénérées
D'où l'Homme-Dieu naguère aux voûtes éthérées
      Avait pris son essor,

Elle lui demandait de jeter dans leur âme,
Comme un rayonnement de la divine flamme,
    Une étincelle d'or.

Portant sur son front pur la majesté de l'Ange,
L'humble Vierge guidait leur sublime phalange
    Dans ses transports pieux ;
Et Solime les vit, noble et touchant spectacle !
Monter en la suivant les degrés du Cénacle,
    Sous le regard des Cieux.

Douze pauvres pêcheurs, dans ce lieu solitaire,
Allaient se préparer à conquérir la terre,
    Une croix à la main :
Pour la première fois, l'arme de la parole
Devait bientôt dicter, du haut du Capitole,
    Des lois au genre humain.

L'avenir tout entier germait dans cette enceinte
Où l'Esprit du Seigneur de sa lumière sainte
    Apportait le flambeau ;
Et debout, au milieu de ces nouveaux athlètes,
Des erreurs du passé la Reine des Prophètes
    Entr'ouvrait le tombeau.

Ils priaient..... et Marie au fond de leur poitrine
Semait incessamment le grain de la doctrine
    De son fils bien-aimé :
Toute pleine des dons du Dieu de l'Evangile,
Elle en versait à flots dans ces vases d'argile
    Le trésor embaumé.

A peine à son berceau, l'Eglise universelle
Voyait s'épanouir de sa moisson nouvelle
    L'épi le plus vermeil,

Et pour le féconder au sein de la prière,
Elle n'attendait plus qu'un éclair de lumière,
    Un rayon de soleil.

Tout à coup, au milieu des cantiques de fête,
L'Astre-Roi, du Cénacle illuminant le faîte,
    Y concentra ses feux ;
Et les vents déchaînés, sous leur aile tiédie
Courbant les hauts palmiers, portaient l'Esprit de vie
    Qui descendait des Cieux.

Et l'on vit aussitôt des langues enflammées,
Trésor miraculeux que le Dieu des armées
    Se plaisait à bénir,
S'abattre sur le front des Apôtres sublimes,
Comme le signe ardent des luttes magnanimes
    Qu'ils allaient soutenir.

Les soldats du Seigneur, invincible milice,
En sortant du Cénacle, au milieu de la lice
    Entrèrent en vainqueurs,
Et plantant les jalons de leur conquête immense,
Jetèrent de la foi l'immortelle semence
    Au fond de tous les cœurs.

II

Astre puissant de la prière,
Esprit saint, divine lumière,
Dis-nous ce que dut ressentir
Le cœur sacré de ton épouse,
Quand tu vins, sur le front des DOUZE,
Marquer le sceau de l'avenir.

Oh ! dis-nous quelle ardeur brûlante
Dut s'allumer dans ce foyer,
Le jour où ta lueur ardente,
Comme une flamme dévorante,
En activa le pur brasier.

De tes lois, sagesse infinie,
Le barde en vain dans son génie
Voudrait sonder les profondeurs ;
Effort impuissant et suprême !
Devant l'insoluble problème
Son front se baigne de sueurs.
Seule à son luth prêt à se taire
Tu peux dicter de nouveaux chants,
Et révéler l'obscur mystère
Qui va renouveler la terre
Au bruit des pas de tes enfants.

Laisse au moins tomber dans son âme
Une étincelle de la flamme
Dont tu brûlas les cœurs pieux
Des Apôtres et de Marie,
Quand, pour y féconder la vie,
Tu descendis du haut des Cieux.
Quitte encor la voûte éternelle
Pour rester au milieu de nous,
Et viens réchauffer sous ton aile
La terre entière qui t'appelle,
En te priant à deux genoux.

XXVI

MARIE A ÉPHÈSE.

La sainte Vierge demeura à Jérusalem
jusqu'à ce que la terrible persécution qui
éclata contre les chrétiens, l'an 44 de Jésus-
Christ, la força d'en sortir avec les Apôtres.
Son fils adoptif l'emmena alors à Éphèse, où
Madeleine voulut la suivre (Orsini, *Histoire
de la Mère de Dieu*).

I

Tel que l'Esprit de Dieu porté sur les abîmes,
Le vaisseau de l'Eglise, en ses destins sublimes,
A travers les écueils passait majestueux :
La tempête en courroux le battait de son aile,
Mais sans vaincre l'élan de sa course éternelle
　　Au sein des flots impétueux.

Reprenant ses fureurs un instant suspendues,
Jérusalem voyait au milieu de ses rues
Le sang pur des martyrs enfanter des héros,
Et les chrétiens, mourant pour le Dieu du Calvaire,
Courbaient avec bonheur leur front calme et sévère
　　Devant la hache des bourreaux.

L'exil s'ouvrait encor sous les pas de Marie,
Et la Vierge, fuyant son ingrate patrie,
Allait porter ailleurs l'Evangile et ses lois,
N'ayant pour partager le fardeau de sa peine
Que l'âme de saint Jean, l'amour de Madeleine,
　　Comme au tombeau du Roi des rois.

Depuis l'heure où, pleurant au pied de la croix sainte,
Leurs cœurs s'étaient unis dans la plus douce étreinte,
Rien n'avait pu briser ces nœuds purs et pieux
Que l'amer souvenir d'une douleur commune,
Se réveillant plus fort au sein de l'infortune,
  Retrempait dans les mêmes feux.

Ils partirent..... Bientôt une brise légère
Poussait une humble voile à la rive étrangère
Où les saints voyageurs vinrent avec transport;
Ephèse les reçut au doux bruit des cantiques,
Qui faisait retentir ses jeunes basiliques,
  Quand leur nef entrait dans le port.

Jour de sublime joie où, dans sa foi première,
Ephèse entrevoyait la divine lumière
A travers les rayons de l'étoile des mers,
Et, pour mieux accueillir la Reine des Prophètes,
Agrandissait encor la pompe de ses fêtes
  Au milieu des plus doux concerts!

Le Ciel était plus pur, la mer était plus belle,
Le zéphyr en passant caressait de son aile,
Dans les champs embaumés, de plus charmantes fleurs;
Mais rien ne remplaçait dans l'âme de Marie
Le Ciel, la mer, les champs, les fleurs de la patrie,
  Et ses yeux répandaient des pleurs.

Que de fois on la vit, seule avec Madeleine,
Assise tristement près de l'humide plaine,
Suivre des ses regards à l'horizon lointain
Quelque oiseau voyageur, quelque blanche galère
Cinglant vers la Syrie au sein de l'onde amère,
  Sous les premiers feux du matin!

Au souvenir des lieux témoins de sa jeunesse,
Son âme, débordant d'indicible tristesse,
S'abîmait chaque jour dans ses chagrins secrets ;
Le prisme séduisant de la mélancolie
Refaisait à ses yeux le passé de la vie,
  Dans l'amertume des regrets.

Levant vers le Ciel pur son humide paupière,
La Vierge ranimait au feu de la prière
Les fibres de son cœur par la douleur brisé ;
Et l'Archange, penché sur l'urne de ses larmes,
Allait porter à Dieu de ses tendres alarmes
  Le cri toujours inapaisé.

II

  Soleil d'amour et d'espérance,
  Seigneur, Seigneur, écoute-moi !
  Sous le fardeau de ma souffrance,
  Je ne peux plus vivre sans toi.
  Déployant ses brûlantes ailes,
  Mon âme aux splendeurs éternelles
  Voudrait reprendre son essor ;
  Ouvre-lui les portes sacrées
  De tes demeures éthérées
  Où brillent les étoiles d'or.

  Sur l'abîme de ma misère
  Daigne encore abaisser tes yeux,
  Souviens-toi que je suis ta Mère
  Et que ma place est dans les Cieux.
  Quand pourrai-je au pied de ton trône
  Aller recevoir la couronne

Que tu gardes pour tes élus,
Et dont les roses immortelles,
Toujours plus fraîches et plus belles,
Sont l'emblème de nos vertus!

Ah! si je dois traîner encore
Mon existence loin de toi,
Au pied de ta croix que j'adore,
Seigneur, Seigneur, ramène-moi.
Que mes derniers jours sur la terre
S'écoulent auprès du Calvaire,
Témoin de tes grandes douleurs;
Et que sur tes traces sanglantes,
Appliquant mes lèvres brûlantes,
J'y répande mes derniers pleurs!

XXVII

RETOUR EN PALESTINE.

Acceperunt ramos palmarum, et processe-
runt obviàm ei, et clamabant : Hosannah !

Ils prirent des branches de palmiers et
allèrent au-devant de lui, en criant : Hosannah (Évangile selon saint Jean, chap. xii,
v. 13) !

I

Que vois-je au loin blanchir dans l'écume des ondes !
Est-ce un cygne endormi, que les vagues profondes
Balancent mollement comme dans un lac pur ?...
Oh ! non, c'est une voile où le zéphyr se joue,
C'est d'un navire aimé l'étincelante proue
Qui trace son sillon sur la plaine d'azur.

Où va-t-il ?... Sur les mers riantes de la Grèce
La brise avec amour le berce et le caresse :
L'arche des temps anciens avait moins de beauté ;
Et des flots en courroux la fureur dévorante
Semblait moins s'apaiser devant sa course errante,
Quand elle surnageait dans leur immensité.

C'est qu'il n'avait jamais, traversant l'onde émue,
Sous l'œil de Jéhovah, qui, du sein de la nue
Le regardait passer sur l'abîme mouvant,
Porté comme aujourd'hui dans ses flancs magnifiques
La rose de Jessé, l'épouse des cantiques,
Dont le nom seul apaise et la foudre et le vent.

Voyez-la s'avancer, plus belle que l'aurore ;
Aux champs de sa patrie elle retourne encore,
Et le Carmel joyeux la regarde accourir.
Revoir le Golgotha, voilà sa seule envie ;
Lasse de traverser le désert de la vie,
Au seuil qui la vit naître elle revient mourir.

Les îles dont le groupe au soleil étincelle,
Pour fêter son passage, étalent devant elle,
Comme des diamants, leurs corbeilles de fleurs,
Admirables trésors que les nuits embaumées
Jettent à pleines mains sur ces rives aimées
Où l'haleine des mers vient répandre ses pleurs.

II

Le Ciel te protège et te guide,
O nef sublime, rentre au port !
Traverse l'élément liquide
Toujours sans lutte et sans effort.
Il n'est pas pour toi de tempêtes,
Car c'est la Reine des Prophètes
Que tu transportes en ce jour,
Le chef-d'œuvre des mains divines
Que le Dieu couronné d'épines
Voulut léguer à notre amour.

Vers les plages de la Syrie
Poursuis ta course sans effroi ;
Les vagues calment leur furie
Et s'aplanissent devant toi.
Comme un phare qui se rallume,
Le soleil blanchit leur écume

Que tu soulèves en passant,
Et la nature tout entière
S'épanouit à la lumière,
Sous son disque resplendissant.

Voici le terme du voyage,
Dépose ton pieux fardeau,
Là, sous les myrtes du rivage
Qui se recourbent en berceau.
Puis reprends ta course lointaine,
Et, traversant l'humide plaine,
Porte encor vers de nouveaux lieux,
Comme une semence féconde
Qui doit régénérer le monde,
Le nom de la Reine des Cieux.

Talisman pur, que sur ta voile
Il soit inscrit en lettres d'or,
Qu'il y brille comme une étoile
Au front des nuits, quand tout s'endort.
Si jamais l'aveugle tourmente,
Au sein de la mer écumante
Te poursuivait de sa fureur,
Que ce nom te serve de guide,
Qu'il soit ta force et ton égide,
Ton espérance et ton sauveur.

III

Et toi, Jérusalem, entr'ouvre tes murailles
Et regarde passer la Mère de ton Dieu :
Celle dont tu broyas le cœur et les entrailles
Vient encore te dire adieu.

O reine des cités, voici ta souveraine !
·Reprends pour un instant tes anciennes splendeurs ;
    Dieu renoue aujourd'hui la chaîne
    De ta pompe et de tes grandeurs.

Un jour, t'en souviens-tu ? jour à jamais sublime,
Chacun de tes enfants, debout sur le chemin,
Pour attendre Jésus, l'innocente victime,
    Portait un rameau dans sa main.
Et bientôt, répétant les hymnes des Prophètes,
Dans ton enceinte émue on entendit leurs voix
    Saluer au milieu des fêtes
    L'humble descendant de tes rois.

Ressaisis, ressaisis tes pompes disparues,
Aujourd'hui comme alors couronne-toi de fleurs ;
Ainsi que pour Jésus, pavoise encor tes rues
    Devant la Mère des douleurs.
Sur la terre étrangère, au bord des flots assise,
Son regard te cherchait à l'horizon lointain.....
    Les Apôtres, fleurs de l'Eglise,
    La reconduisent dans ton sein.

Ils l'entourent d'amour, ils chantent ses louanges,
Et l'air a retenti de leurs accents pieux ;
Comme eux mêle ta voix à l'hosannah des Anges
    Dont l'écho vibre dans les Cieux :
— Gloire au fils de David, à l'agneau du Calvaire !
Les saints du Testament l'adorent avec nous :
    Demain vous n'aurez plus sa mère,
    Mortels, tombez à ses genoux ! —

XXVIII

LA MORT DE MARIE.

Et nunc, Domine, secundùm voluntatem
tuam fac mecum, et præcipe in pace recipi
spiritum meum ; expedit enim mihi mori
magis quàm vivere.

Maintenant, Seigneur, faites que j'accomplisse votre volonté, et ordonnez que je
meure en paix ; car il m'est beaucoup plus
avantageux de quitter la vie que d'y rester
(TOBIE, chap. III, v. 6).

I

Le souffle du Seigneur, de l'un à l'autre pôle,
Faisait germer le grain de la sainte parole ;
Les idoles croulaient dans leurs temples déserts :
Et, plongeant dans le sol sa racine profonde,
L'arbre de vie enfin, pour abriter le monde,
   Ouvrait ses rameaux dans les airs.

Marie avait revu les sites du Calvaire.
Une dernière fois sur cette cime austère
Elle avait contemplé la croix du Dieu martyr ;
Et, voyant arriver l'heure de délivrance,
Devant ces lieux, témoins de sa propre souffrance,
   Elle n'avait plus qu'à mourir.

Les Apôtres pleuraient..... Debout à côté d'elle,
L'aigle de l'Evangile avait fermé son aile
Et l'Ange de la mort s'était voilé de deuil.

Mais elle, le cœur plein de la plus douce ivresse,
Sans avoir rien perdu des fleurs de sa jeunesse,
      Elle allait descendre au cercueil.

— Ne pleurez pas sur moi, disait la Vierge sainte,
J'ai vidé jusqu'au bout le calice d'absinthe
Sans jamais y trouver une goutte de miel.
Exilée ici-bas, j'ai replié ma tente,
Je soupirais toujours pour la patrie absente,
      Et je vais la chercher au Ciel.

Voilà bientôt le port où lentement j'arrive,
J'aborde aujourd'hui même à l'éternelle rive
Et je rejoins mon fils; oh! ne me plaignez pas :
Chantez, chantez plutôt et cessez vos alarmes ;
Pourquoi gémir encor, pourquoi verser des larmes
      Quand je n'aspire qu'au trépas?

De joie et de bonheur mon âme est altérée !
Il n'en est pas ici..... Vers la voûte éthérée
Je vais prendre mon vol, et je vous dis adieu.....
L'existence pour moi ne fut qu'un long voyage,
La mer était houleuse et j'arrive à la plage,
      Au pied du trône de mon Dieu.

La coupe de mes ans, hélas! était trop pleine!
Comme la moissonneuse au soleil de la plaine
Cherche l'ombre des bois vers le milieu du jour,
Je m'arrête lassée au milieu de ma route,
Je cherche le repos, et le Ciel qui m'écoute
      Permet que je meure d'amour.

Soyez, soyez bénis, vous qui m'avez suivie
Dans les tourments sans fin qui pesaient sur ma vie!
Vous avez partagé ma misère et mes pleurs
Quand mon cœur maternel débordait de tristesse...
Eh bien! partagez donc aussi mon allégresse;
      Il n'est plus pour moi de douleurs. —

Et sa voix s'éteignit : c'était la dernière heure...
On n'entendit bientôt dans la sainte demeure
Que des gémissements et de longs cris de deuil...
La Vierge en souriant avait quitté la terre,
Et la lampe des morts, brûlant dans le mystère,
      Veillait auprès de son cercueil.

II

On dit qu'à ce moment suprême,
Le front de la Reine des Cieux
Se revêtit du diadème,
Et que la gloire de Dieu même
La couronna de tous ses feux.
Et pendant que les chants funèbres
Faisaient monter dans les ténèbres
Leur concert plaintif et pieux,
On entendit d'autres cantiques
Plus purs, plus suaves encor...
C'étaient les hymnes magnifiques
Que chantaient les chœurs séraphiques,
En agitant leurs sistres d'or.

Du haut des voûtes éternelles,
La brise à la nature en pleurs
Venait apporter sur ses ailes
L'écho des fêtes immortelles,

Au milieu du parfum des fleurs;
Et dans sa tombe refroidie,
La Vierge n'était qu'endormie
En attendant des jours meilleurs.
La mort, se sentant désarmée
Pour garder les restes pieux
De la victime bien-aimée,
Rouvrait déjà sa main fermée
Pour les restituer aux Cieux.

La mort! sur ton chaste visage,
O Vierge, elle n'a point laissé,
Dans les traces de son passage,
L'impur et douloureux outrage
De son souffle aride et glacé ;
Entre ses bras où tu sommeilles,
Tes lèvres sont toujours vermeilles,
Ton beau front ne s'est pas plissé :
Et dans sa tombe solitaire
Où le Gethsémani t'attend,
. Ta dépouille que rien n'altère
Va rester encore à la terre,
Mais ce n'est que pour un instant.

TABLE

DES MATIÈRES.